1

Kleinstadtgeflüster
Von Manfred Walter

Vorwort

Kleinstadtgeflüster ist die Neufassung von **Am Anfang war – Die Parallelgeschichte**.
Hierbei geht es um das Leben in Münzelsbach, einer Kleinstadt am Rande des Flämings, wo sich im sonst tristen Alltag doch Dinge ereignen, wie Korruption, Brandstiftung bis hin zum Mord, die üblicher Weise nicht auf der Tagesordnung stehen.
Im Mittelpunkt stehen dabei zwei zugereiste junge Frauen, ein vom Dienst suspendierter Polizist, ein Patient und ein Junge aus der Grundschule.
Am Rande der Stadt in einem Park steht ein altes herrschaftliches Haus mit großem Garten, was seit einigen Monaten eine Klinik beherbergt.
Was geschieht dort wirklich, mutmaßen die Bürger von Münzelsbach. Die Örtliche, die nahezu täglich erscheinende Tageszeitung, hat anlässlich der Eröffnung des Hauses Instenburg nur ansatzweise über eine Grundausrichtung der Klinik berichtet und somit der Gerüchteküche Tür und Tor geöffnet.
Was geschah dort tatsächlich?

Mein Dank gilt an der Stelle Mathilde Gläser und Caro. Mit beiden schrieb ich einst unter Federführung von Mathilde an der Novelle „Am Anfang war …“.
Die Wege trennten sich.

Mathilde schrieb ihre Novelle „Am Anfang war …"
allein zu Ende, ich versuchte „Die Parallelgeschichte", welche in der überarbeiteten Fassung hier als
„Kleinstadtgeflüster" vorliegt.
Natürlich empfehle ich auch im Netz unter
https://mathildeglaeser.blog.
„Am Anfang war" zu lesen lohnt sich!

Prolog

Mit dem Handy stand er am Bahnhof von Münzelsbach und wartete auf den 7.35 Uhr- Zug aus der
Kreisstadt. Sie hatte ihm ein Bild von einer gewissen Monika Pitsch geschickt, mit der eindeutigen
Anweisung zu verhindern, dass diese Frau das
Haus „Instenburg" jemals erreicht. Er war es ge-
wöhnt Anweisungen von ihr zu erhalten und mit keiner Silbe dachte er daran, den Befehlen nicht Folge
zu leisten. Einen schmächtigen jungen Mann hatte
sie ihm zur Unterstützung geschickt, Fragen gab es
nicht, ihre Zeilen waren eindeutig. Er schaute auf
seine Armbanduhr, der Zug müsste schon da sein,
also Verspätung, wie typisch für die Bahn, eine Anzeige der Verspätung gab es natürlich auch nicht.
Sie warteten 10 Minuten, da schloss sich die
Schranke begleitet vom Signalton und dann war
auch der sich annähernden Zug zu sehen. Also jetzt
Augen auf, die Frau durften sie nicht verpassen. Die
große schwarzhaarige etwas Korpulente musste es
sein, sie ließen sie passieren und nahmen die Ver-
folgung auf. Sie hatten richtig vermutet, die Frau

wollte nicht auf den Bus warten, sie war ja auch schon spät dran und bog auf den naheliegenden Parkweg ein. Sie ließen sie noch reichlich 200 Meter in den Park rein laufen, kontrollierte ob ein Passant in der Nähe war, keiner zu sehen, die Luft schien rein, also Zugriff.

Dann ging alles ziemlich schnell, sie mussten sie allerdings erst mal verstecken, denn hier liegen lassen, wollten sie sie nicht, also warten bis zur Dunkelheit.

Kapitel 1

„Willkommen in Münzelsbach, hier bin ich Mensch, hier fühl ich mich wohl!" prangt es einladend, in großen Lettern, auf einem Schild am Ortseingang, ganz so wie es zu einem kleinen, stolzen, nicht ganz modernen Örtchen wohl gehört. Hübsch sieht es aus, immer mehr Häuser werden saniert und auf Denkmalschutz wird großer Wert gelegt. Das gehört zur Stadtkultur, wie zu den Menschen, die alle sehr darauf bedacht sind, nach außen ein Bild der Normalität und des Einklangs zu zeigen.

An der östlichen Grenze Anhalts liegend, blickt der Ort auf eine längere Geschichte zurück, als Anhalt selbst. Erstmals erwähnt wurde Münzelsbach im Jahre 1187. Der Ort gehörte zum Einflussgebiet der Askanier und liegt traumhaft zwischen den Hügeln des Flämings im Norden und der abwechslungsreichen Auenlandschaft im Süden. Die Stadt hat sich im vorgeschichtlichen Siedlungsgebiet am nördlichen Hochufer der Elbe im Kreuzungspunkt mittelalterlicher Handelsstraßen nach Magdeburg, Leipzig und Berlin entwickelt. Zum Ärger der Anwohner bilden die alten Verkehrswege auch heute noch die Hauptstraßen der Innenstadt. Der immer mehr zunehmende LKW – Verkehr droht die Innenstadt zu erdrücken. In Spitzenzeiten muss man, will man die Straße überqueren, sehr viel Geduld aufbringen, vom Lärm und Dieselgestank mal ganz abgesehen. Eine Umgehung ist längst überfällig, aber durch den Einspruch weniger zu Lasten der Mehrheit und der innerstädtischen Bausubstanz immer wieder verhindert wurden.

Ältestes Gebäude, im Herzen der Stadt, ist die Sankt Nicolai Kirche, ein Sakralbau mit Ersterwähnung aus dem Jahr 1150. Die in Teilen im echten romanischen Stil noch erhaltene Kirche konnte im Rahmen des Förderprogrammes Städtebaulicher Denkmalschutz, mit Unterstützung von Stiftungen, umfangreich, innen und außen restauriert werden. Im Inneren beeindruckt besonders der große Altaraufsatz. Aus der Schaffenszeit von Lucas Cranach d.J. überdauerten drei Bildwerke das kriegerische 17. und 19. Jahrhundert, welche noch heute in der Kirche zu bewundern sind.

Das sich dahinter befindende ehemalige Nonnenkloster, welches 1272 erbaut wurde, dient nach Sanierung heute als Stadtmuseum. Mit den im Karree befindlichen Gebäuden bildet der so genannte Klosterhof eine Einheit und wird heute für Ausstellungen und kulturellen Veranstaltungen genutzt.

Ebenfalls im Zentrum von Münzelsbach befindet sich ein Schloß, welches an Stelle einer Burg, die zur Überwachung der Schifffahrt errichtet worden war. 1555/56 schufen die Bauleute im Auftrag des Fürsten Wolfgang von Anhalt einen vierflügeligen Schloßbau im Renaissancestil. Heute bemüht sich ein Verein mit aufwendiger Sanierung den Gebäudekomplex als Kulturstätte mit einer Breitennutzung, die auch kostendeckend sein soll, der öffentlichen Nutzung zu zuführen. Mit seinem gelben Anstrich ist das Schloß am Elbufer zu einem Wahrzeichen der Stadt geworden.

Das 500 Jahre alte Rathaus, was überwiegend im Renaissancestil erbaut wurde, begrenzt den Marktplatz zur östlichen Seite. Nach Süden und Westen begrenzen ihn Bürgerhäuser, unter ihnen im Süden die Apotheke am Markt und ein Getränkekiosk mit Ausschankgenehmigung, im Westen ein neu eröffnetes Teehaus und ein Blumenladen, an der nördlichen Flanke führt die Hauptmagistrale der Stadt, die Schloßstraße, am Marktplatz vorbei.

Auf dem Marktplatz befand sich ein Wasserbassin für Feuerlöschzwecke, an welchem eine markante Szene für den Film „Spur der Steine" gedreht wurde. 1998 entschloss man sich den Teich, aufgrund erheblichen Sanierungsbedarfs, zuzuschütten und den heutigen Marktplatz zu errichten. Zweimal die Woche ist hier Bauernmarkt, ansonsten gilt er als beliebter Treffpunkt für Jugendliche, welche mangels ansonsten weniger Möglichkeiten im Ort, im Schatten der Bäume auf den dort stehenden Bänken chillen und laut Musik hören.

Zu Weihnachten steht hier auch der obligatorische Weihnachtsbaum.

Zur Freude der Ratsherren von Münzelsbach findet der gut betuchte Bürger in der Friederikenstraße,

welche als Fußgängerzone ausgeschildert ist, den ehrwürdigen Whisky- Club (for men only)
Auch eine Heilquelle gab es einst in Münzelsbach, welche für ein Heilbad genutzt wurde und nachweislich Gichtkranken Linderung brachte. Heute ist sie leider verschüttet, auch findet sich bisher kein Investor, der die Quelle für die Öffentlichkeit wieder zugänglich macht.
Dafür gibt es aber seit wenigen Jahren die Marina, einem Areal am Ufer der Elbe. Ein Ort der Entspannung, entstanden auf dem Gebiet der ehemaligen Farbenfabrik. Hier findet der Besucher einen großzügigen Caravanstell- und Campingplatz, Wassersport, Ferienbungalows und eine moderne gastronomische Einrichtung. Ein Ort der aktiven Erholung und Partyszene, ein Magnet für den Tourismus
Es empfiehlt sich die beeindruckende Elbauenlandschaft mal aus dem Paddelboot heraus zu entdecken und sich von der unberührten Natur inspirieren zu lassen.
Auch mit einer Fähre kann man die Elbe überqueren. Seit 1864 verkehrt hier eine sogenannte Gierfähre. Sie ist motorlos und wird von einem „V" geteiltem Seil gehalten. Allein mit der Kraft der Wasserströmung und durch Schrägstellung des Fährkörpers wird sie durch den Fluss bewegt. Für ihre Fahrt über die Elbe benötigt die Fähre etwa 5 Minuten. Auf der anderen Seite erwartet den Besucher nach wenigen Kilometern das Wörlitzer Gartenreich. einem von Fürst Leopold Friedrich Franz von Dessau geschaffenen englischen Garten, der seit seiner Gründung für die breite Öffentlichkeit zugänglich ist.

Das Flämingbad im Westen der Ortschaft bringt im Sommer Badespaß für die ganze Familie. Einmal im Jahr, in der Feriensaison präsentiert der Jugendsender Sputnik hier ein „open air"- Festival, was von der hiesigen Jugend dankend angenommen wird.

Das sich in Nachbarschaft befindliche Feriendorf wird gern von Schulklassen für Klassenfahrten gebucht.

Ein gut ausgebautes Radwegnetz bringt Touristen per Pedale zu einer einzigartigen Flora und Fauna, zu alten Feldsteinkirchen in den umliegenden Dörfern oder technischen Baudenkmälern.

Seit Neuesten gibt es aber auch am Rande der Stadt im Park eine Klinik, um die sich zahlreiche Mutmaßungen und Gerüchte ranken.

Kapitel 2

Wir haben jetzt Spätsommer.

Es sollte ein sonniger Tag werden, doch der herrschende Frühnebel ließ davon noch nichts erkennen. Alles war eingehüllt in Schlaf. Selbst die paar Menschen, die mit Maria, einer Medizinstudentin in der Bahn saßen, machten nicht den Anschein, als sein sie aus freien Stücken hier, nein vielmehr kuschelten sie sich in die harten Polster, als würde der gerade anbrechende Tag sie noch lange nichts angehen.

Überall Schlaf und Träume...

Schlaf...

Maria ist eine hübsche junge Frau mit auffällig guter Figur. Auf ihr Äußeres legte sie immer viel Wert, alles war aufeinander abgestimmt. Die Farbe der Schuhe passte zu ihren Jeans und der Farbe ihres Shirts, die leichte Jacke, die sie mitführte war im sanften Pastellton. Selbst ihre Umhängetasche war im Jeans Look. Ihren Koffer mit den restlichen Sachen hatte sie zum Hotel schicken lassen, schließlich wollte sie an diesem Ort doch die nächsten sechs Wochen verbringen.

In Münzelsbach auf dem Bahnhof angekommen, wollte Maria sich am dort hängenden Stadtplan nochmal über den genauen und günstigsten Wegverlauf zur Klinik kundig machen. Aber wie heute leider viel zu oft war der Plan durch Schmierereien verunstaltet und lies den Weg bestenfalls erahnen.

Der beschädigte Plan passte damit gut zum Bahnhofsgebäude, denn das hatte auch seine besseren Tage schon lange hinter sich. Kapute Flaschen und Unrat zierten den Tunnel von den Gleisen zum Gebäude und das Gebäude selbst. Die Bausubstanz war marode. Die Bahn als Eigner lies es regelrecht verfallen und die Stadt hatte dafür auch kein Geld. Die Bewirtschaftung wäre ein reines Verlustgeschäft, so hieß es, vom dringenden Renovierungsbedarf ganz abgesehen. Vor Jahren hatten die Stadtväter die Idee, zur Renovierung des Gebäudes ein Jugendprojekt auf den Plan zu rufen, um dort arbeitslose Jugendliche in Form von Praktika auf ihren möglichen späteren Beruf vorzubereiten, aber beim Plan ist es auch geblieben. Jetzt suchte man händeringend einen privaten Investor, der den öffentlichen Schandfleck beseitigt.

Für Maria hieß es jetzt improvisieren. Da sie nur noch eine knappe halbe Stunde bis zum Arbeitsbe-

ginn hatte, wollte sie den Fußweg durch den nahegelegenen Park nutzen, den ihr ein Pfleger der Klinik bei ihrem Vorstellungstermin empfohlen hatte,
zu nutzen, denn dann wäre sie angeblich in 20 Minuten am Ziel.

Aber eh sich Maria versah, stand sie mitten im Nir-
gendwo. Umgeben von Wald oder vielmehr seinem
unheimlichen Bruder.

Maria wollte zur Arbeit, oder richtiger zur Klinik „Instenburg", wo heute ihr Praktikum beginnen sollte.
Doch im Nebel hatte sie leicht die Orientierung verloren. Was blieb ihr nun übrig, es war als verschlin-
ge der Nebel alles um sie herum und das Einzigste
was ihr einfiel war geradewegs in den am wenigsten
gefährlich anmutenden Weg einzusteuern.

Sie konnte ja nicht ahnen, was sie dort erwarten
würde...

Vorsichtig bewegte sie sich durch die weißen
Schwaden, die kalt und feucht an ihrer Haut zu kle-
ben schienen. Langsam bemerkte sie, wie ein un-
heimliches Gefühl der Beklemmung ihren Rücken
empor kroch und die feinen Härchen dazu brachte
sich zu sträuben.

Sie litt von Natur aus eigentlich nicht unter Panikat-
tacken oder neigte zu hysterischen Anfällen, aber
jetzt hatte sie das dringende Bedürfnis zu schreien.
ihre Schritte beschleunigten sich während sie
gleichzeitig versuchte, nicht zu fallen oder irgendwo
gegen zu laufen.

Der Nebel wurde immer dichter und sie verfluchte
sich innerlich dafür, dass sie natürlich den Weg
durch diesen dunklen Park nehmen musste, war ja
schließlich eine Abkürzung.

Um sie herum knackten Äste, wahrscheinlich Tiere, die ihr hastiger Gang aufgeschreckt hatte. Nur noch ein paar Meter und sie hoffte vor dem alten Backsteinbau zu stehen, der jetzt ihre neue Arbeitsstätte war.

Sie wurde leicht panisch. „Nur noch um die nächste Kurve und ich wäre endlich an einem warmen, gemütlichen Ort, würde mit den Kollegen Kaffee trinken und die erste Zigarette genießen." Waren ihre Gedanken.

Nur noch ein Stück. Doch als sie um die Ecke bog, bot sich ihr ein Bild, das sie abrupt zum Stehen kommen ließ...

Mit einem Mal knallte sie mit einem völlig abgehetzt wirkenden Mädel zusammen, die die ganze Zeit etwas davon stammelte, dass sie ja eigentlich gleich auf Arbeit sein müsste. Sie schien gar nicht gemerkt zu haben, wie sich der Wald um sie herum verändert hatte, dass es keine Wege mehr gab, noch nicht mal mehr Trampelpfade, und was bald noch erschreckender war – alles war still. Kein Laut, kein Rauschen von Wind in den Blättern, nichts! Und trotzdem die Bäume und Büsche dicht an dicht standen, herrschte noch immer dieser seltsame Nebel..."Hey, alles klar bei dir?", fragte sie das Mädel, während sie ihr wieder auf die Beine half. Doch statt zu antworten, riss sie sich genervt von ihr los, warf ihr einen wütenden Blick zu und ging oder viel mehr rannte weiter ihres Weges.

Das Mädel, in ihrem etwas schrillen Outfit war Maria schon vorhin im Zug aufgefallen, sie hatte ihr nachher allerdings keine Beachtung mehr geschenkt und

somit auch nicht gemerkt, dass sie auch in Münzelsbach ausgestiegen war.

Das brachte Maria völlig aus dem Konzept. Es ist
ihr erster Tag als Praktikantin und da will sie auf
keinen Fall zu spät kommen. Völlig geistesabwe-
send und so langsam rasend vor Wut lief Maria
vorwärts und malte sich sämtliche Horrorszenarien
von fristloser Kündigung bis hin zum größten Ver-
sagen ihres Lebens aus, als plötzlich ein Ruck
durch ihren Körper ging und sie sich auf dem wei-
chen Waldboden wieder fand. Ihr Fuß steckte unter
einer Wurzel und so langsam wurde ihr klar, dass
sie gefallen war. Wie immer wenn ihre Wut auf dem
Höhepunkt war, schossen ihr Tränen in die Augen
und sie begann hysterisch zu kreischen.
Langsam rappelte sie sich hoch und setzte sich auf
den Baumstumpf neben der Wurzel, die sie eben
unfreiwillig zu einer Rast gezwungen hatte. Sie
fummelte eine Zigarette aus ihrer Tasche und genoss den ersten Zug. Irgendetwas war anders und
ihr dämmerte langsam was es war:
Um sie herum war völlige Stille, kein Rauschen,
kein Luftzug, kein nerviges Vogelgezwitscher, absolute Stille. Der Nebel um sie herum schien alle Geräusche zu verschlingen.
Plötzlich kroch ein kaltes Gefühl ihren Rücken hoch
und sie merkte, dass sie Angst bekam, eine total
unbegründete Angst wie sie sich einzureden versuchte, aber die Kälte blieb auch als sie aufstand
und die aufgerauchte Zigarette auf den Boden warf.
Langsam setzte sie sich wieder in Gang und schlug
die Richtung ein, aus der ich gekommen war, wobei

sie demonstrativ über die dumme Wurzel stieg. Natürlich war ihr bewusst, dass ihr niemand zuschaute. Sie hätte sich eigentlich darüber freuen sollen: Endlich einmal in ihrer langen Sturzkarriere fiel sie der Länge nach aufs Gesicht und niemand sah es. Aber sie freute sich nicht, ganz und gar nicht.
Sie nahm sich vor das Mädel von vorhin zu suchen. Auch wenn sie sie umgerannt hatte ohne sich zu entschuldigen, oder war Maria selbst etwa schuld gewesen? Keine Ahnung, auch egal, so war es doch besser einen Ausweg zu suchen, wenn noch ein menschliches Wesen mit dabei war...

Ein Aufschrei, nein viel mehr ein Gekreische riss sie aus ihren Gedanken. Sie wollte schon in die Richtung stürmen, aus der sie den Lärm vermutete, als...da war so ein Säuseln, ein Summen, welches sie magisch zu sich zog.
Blindlings stolperte Maria voran, folgte der Melodie und stimmte sogar ein. Erst verhalten, schließlich völlig mitgerissen und außer sich, tänzelte sie singend durch die Gegend. Vergaß alles und jeden und erwachte auch nicht als sie einen, plötzlich vor ihr auftauchenden, Abhang hinunterkullerte.
Das komische Mädel zu finden war dann doch gar nicht mal so schwer, Maria musste ja nur dem Gesang, oder eher dem Gelärme folgen. Die Stimme war gar nicht mal so schlimm, eigentlich klang sie sogar recht gut, wenn man davon absah, dass sie ein schnulziges Lied sang oder vielmehr heraus schmetterte.
Als Maria um die Ecke bog, stand sie erst einmal starr vor Schreck da, denn ihr bot sich ein völlig ab-

surdes Bild, über das sie in einer anderen Situation sicher gelacht hätte: Vor Maria lag eine recht hübsche junge Frau im Gras und sang aus voller Kehle „Sonne wie ein Clown". Um sie herum waren die Bäume wie ein Käfig angeordnet, ein besonderer Ort in diesem Park dem sie normaler Weise kaum Beachtung geschenkt hätte.

Langsam stieg Wut in ihr hoch, denn sie hatte keine Lust mehr in diesem Park umher zu irren und ging auf die Frau zu, die da im Gras lag und vor sich hinträllerte.

„He du da, hallo, hörst du mich?" Maria rüttelte sie an der Schulter und wartete auf eine Antwort...

„Eh', danke. Muss mir wohl den Kopf irgendwo angestoßen haben. Mir ist irre schwindelig", antwortete das Mädel „Singst du immer, wenn du dir den Schädel einhaust?" fragte Maria. „Oh, war also doch kein Traum...na ja, wird wohl ein härterer Zusammenstoß gewesen sein.", witzelte das Mädel.

Nun beschlossen beide gemeinsam den Weg zu gehen, obgleich sich beide noch nicht ganz einig waren, wo genau sie sich eigentlich befanden.

In einem solchen Nebel hatte sich Maria wirklich noch nie befunden. Kurz durchzuckte sie die Idee von Smog; würde dieser nicht auch irgendwie das Fehlen der Geräusche erklären? Sicher hatten sich die Tiere einfach zurückgezogen und da es so windstill war, konnte die Suppe sich schließlich gar nicht auflösen.

All dies erklärte Maria auch ihrer Begleiterin, einerseits um sie ein wenig zu beruhigen, andererseits um sie von ihrem ständigen Gequalme abzuhalten, denn kaum eine Zigarette ausgedrückt, griff sie schon zur Nächsten. Maria rauchte ja auch mal gern eine Zigarette, es beruhigte sie so schön, aber dieses Gequalme von diesem Mädchen, welches ihr auch noch das letzte bisschen frische Luft zum Atmen raubte, ging ihr auf den Nerv. Denn angesichts dieses Nebels, der sich schwer auf beide niederdrückte, ja sie regelrecht zu verschlucken schien, wurde das Luft holen für sie fast zu einem Ding der Unmöglichkeit.

Maria versuchte rational zu denken und auch krampfhaft so zu wirken. Die andere sollte auf keinen Fall mitbekommen, was mit Maria geschah. Sie spürte es nun ganz deutlich – ein seltsames Brodeln in ihr, eine Kraft, als würde ihr Blut kochen.

Und noch immer diese Melodie.

Sie schwirrte jetzt Maria immer noch im Kopf herum und machte ihr das Denken schwer.

Unsicher, ihren Schmerz versteckend, lächelte sie das Mädel an und versicherte ihr sie wüsste wohin beide müssten.

Den Geräuschen und Stimmen in ihr folgend, führte Maria beide nun tiefer in den Wald hinein.

***

Bernhard, ein Mitfünfziger, war auch im Park unterwegs, machte hier seinen täglichen Spaziergang. Er ist eigentlich Polizist, aber seit er vom Dienst suspendiert wurde, nimmt er sich täglich die Auszeit um hier im Park Kraft zu tanken. Er liebt die morgendliche Ruhe, doch heute ist er nicht allein, sein Jagdinstinkt lässt ihn, bei dem Lärm den die jungen Frauen verursachten, aufhorchen. Er versteckt sich hinter einem Baum und beobachtet die wenige Meter vor ihm vorbeilaufenden Wesen. „Ja, da laufen sie beide, diese, na ja, Mädels, so genau kann ich das in der Brühe nicht erkennen, ob ich da unbemerkt noch weiter rankomme? Und was hat die eine da an ihrem Hals, diesen blassen, ja fast weißen Hals, ich muss näher ran, ich muss sie riechen, ich muss sie fühlen." Er scannte ihren makellosen Körper, berührte in Gedanken ihre großen festen Brüste und fingerte in Richtung Venushügel. „Doch stopp, die eine hat sich schon rumgedreht, das wäre zu zeitig, noch sollen sie mich nicht bemerken...".

***

Und da ist noch dieses Haus im Park, diese Villa, solide gebaut Anfang der 30er aus gelbem Backstein, die Tür und die Fenster mit rotem Klinker umrandet, mit einer schweren Eichentür, kein Nebengelass und nur über die Privatstraße, die im vergangenen Jahr als Sackgasse fertig gestellt wurde, mit dem Auto erreichbar. Die meisten kommen ja doch zu Fuß durch den Park. Tja, bis vor drei Jahren war das Gebäude noch dem Verfall preisgegeben, aber dann tat sich da was, wurde gebaut, ja fast komplett rekonstruiert, muss ein Vermögen gekostet haben, sieht jetzt richtig hochherrschaftlich aus. Aber wer wohnt da, wer steckt dahinter, hunderte von Gerüchten kreisen durch die kleine Stadt, ist da ein Arzt oder eine Rechtsanwaltskanzlei oder gar eine Sekte? Fragen über Fragen, nur neben der schweren Eichtür, die mehr einem Portal gleicht, hängt ein Messingschild mit der Aufschrift „Instenburg & Co". Aber wer ist das, mit den Blödelmusiker aus den 70ern wird das ja nichts zu tun haben, denn der hieß ja auch Insterburg, Ingo Insterburg?

Drin in der Villa herrschte schon rege Betriebsamkeit, die Leute in ihren weißen Kitteln liefen aufgeregt durch die Gänge, einige saßen schon an ihren Hightech- Computern und starrten auf den Bildschirm. Mitten im Raum steht ein großer, breitschultriger älterer Herr im schwarzen Anzug, Dr. Hinterseer, streng in die Runde schauend, überprüft er die Anwesenheit seiner Mitarbeiter.

Da fehlt doch noch jemand, vernimmt man als leises Knurren aus seinem Munde, natürlich die Neue, und das im Praktikum, na die kann sich's ja leisten. Er schaut raus durch das Fenster rüber in den Park, aber nichts als dieser ewige Nebel und dazu diese unheimliche Stille…

* * *

„Was war das?", prüfend blicke Maria immer wieder hinter sich; und wieder ein Knacken und plötzlich ein Rascheln. „Hast du das auch gehört?", fragte sie ihre Begleiterin, welche sie aber nur mit großen Augen ansah und verneinte.

Eine Ohnmacht überkam Maria und als sie schließlich wieder zu sich kam, war es in ihren Gedanken bereits Nacht.

Und was für eine, ein sternenklarer Himmel und klirrende Kälte. Und ein Augenpaar, welches starr auf sie gerichtet zu ihr nieder blickte. Vor Angst weit aufgerissen, fast flehend, begleitet von einem stummen Schrei, der in ihrem Schädel widerhallte...

Maria fühlte sich wie auf hoher See, alles drehte sich und schwankte. Um sich zu beruhigen schloss sie kurz die Augen, versuchte einen tiefen Atemzug und fand sich zurück im Nebel, ihren Blick auf das Mädchen gerichtet, welches ihr wohl gerade zu erklären versuchte, wer sie war und woher sie kam und natürlich wohin sie unbedingt wollte.

Doch Maria hörte sie nicht wirklich, ihre Stimme glich mehr einem Rauschen. Als hinter ihnen plötzlich ein Ast brach, gefolgt von einem leisen Fluch, war ihre Aufmerksamkeit zurück.

„Was passierte nur mit mir?" grübelte Maria.

„Ich neige selten zu Panik, nein wirklich, ich bin eigentlich ein recht rational denkender Mensch, ich halte nichts von außerirdischen Phänomenen und glaube nicht an Wahrsagerei oder Kartenlegen. Ich kann mir solche Dinge in meinem Beruf auch gar nicht leisten, schließlich habe ich lange gebraucht um endlich zu einem Medizinstudium zugelassen zu werden. Und ausgerechnet heute, an meinem ersten Arbeitstag in der wahrscheinlich bekanntesten Klinik für psychische Störungen, die gerade erst vor ein paar Monaten an diesen Standort verlegt wurden war, kam ich zu spät und hatte auch noch diese total verrückte Tante neben mir, die langsam aber sicher abzudrehen schien."

Jetzt bekam Maria langsam Panik.

Sie war ja noch nicht so weit mit ihrem Studium, aber dass etwas mit ihrer Begleitung nicht stimmte, erkannte sie auf den ersten Blick. Ihr Blick wirkte abwesend und nahm von Zeit zu Zeit einen glasigen Ausdruck an, ihre Haut war bleich und ihre Hände zitterten. Sie schien irgendwie komplett in ihrer eigenen Welt gefangen zu sein. Vielleicht eine Patientin von „Instenburg & Co", meinem neuen Arbeitgeber, schoss es Maria durch den Kopf. Schließlich hatte sich Dr. Instenburg ja Anfang der 80er Jahre auf eine spezielle Form der Behandlung psychisch labiler Patienten spezialisiert.

So langsam kroch ihr wieder eine Gänsehaut über den Rücken, sie wollte nie etwas mit solchen Menschen zu tun haben, sie machten ihr Angst. Eigentlich wollte sie immer in die Forschung und nicht so sehr am lebenden" Objekt" arbeiten, die Stelle bei „Instenburg" hatte sie nur angenommen, weil es gut in ihren Lebenslauf aussah. Und nun stand sie mitten im Wald neben einer komplett durchgeknallten Person.

Wenigstens ragte vor uns schon mal ihre neue Arbeitsstätte auf, gediegen und klobig erhob sich das alte Backsteinhaus aus dem nahezu undurchdringlichen Nebel. In seinem Inneren mussten Lampen brennen, aber der Nebel verschluckte selbst diesen zarten Lichtschein und ließ das Gebäude somit unheimlich wirken, beinahe wie eine Gruft.

Maria zerrte am Arm ihrer Begleitung, die schon wieder wo anders mit ihren Gedanke zu sein schien.

„Mein Name ist übrigens Walder. Maria Walder, wenn alles gut geht auch bald Dr. Walder, ich arbeite nämlich hier.", versuchte Maria ein neues Gespräch zu beginnen und verschwieg einfach großspurig, dass sie gerade mal vor einem Monat ihr Physikum bestanden hatte und von einem Doktortitel noch so weit entfernt war wie ihre Begleitung von psychischer Gesundheit.

„Ich wäre ja mal richtig froh zu erfahren, wie du heißt."

Fragend schaute Maria ihre Begleitung an, während ihre Worte in der nebeligen Luft hingen ...

„Na endlich!", schrie das Mädel mit einem Mal begeistert auf. „Sieh nur, da vorne arbeite ich." Ja, sie waren wohl am Ziel.

Regelrecht von ihrer eigenen Begeisterung mitgerissen, stürmte sie auf dieses alte Herrenhaus zu und eh sich Maria versah, war das Mädel auch schon in seinem Innern verschwunden. Maria konnte ihr einfach nicht folgen, irgendwas hielt sie noch zurück.

***

Dr. Hinterseer durchquerte langsamen Schrittes den langen Flur von dem rechts und links Patientenzimmer und Behandlungsräume abgingen.

Er ging immer langsam, so als würde er genau nachdenken bevor er einen Fuß vor den anderen setzte. Wahrscheinlich war dies die Art wie Psychiater gingen, immer mit Bedacht um ihre Patienten nicht aufzuregen.

Er war ein großer Mann mit einem gutmütig runden Gesicht und normalerweise mit einem weißen Kittel. Heute allerdings verzichtete er auf ihn und trug einen schwarzen Anzug. Seine Figur war trotz seiner 56 Jahre noch athletisch und er war bei bester Gesundheit. Seine Anwesenheit flößte Vertrauen ein. Nur seine Augen schienen nicht so recht zu diesem Bild zu passen: Sie waren von einem klaren Blau. Aber nicht das warme Blau des Himmels an einem Sommertag, sondern vom Blau des arktischen Eises oder der kalten See. In seinen Augen lag keine Freundlichkeit.

Diese Augen fixierten jetzt, noch eine Spur kälter als sonst, seine teure Armbanduhr. „8.30 Uhr und diese Person ist immer noch nicht da. So etwas gab es zu meiner Zeit nicht. Nein wirklich nicht.", brummte er vor sich hin, während er aus einem der Fenster im Flur in den Park schaute und sein stechender Blick sich bemühte den schmierigen Nebel zu durchdringen.

***

Während die einen bei dieser Brühe sich noch durch den Park tasteten und endlich ihr Ziel erreicht hatten, klingelte auf der anderen Seite der Stadt bei der örtlichen Polizeiwache das Telefon.

Kinder hätten, so berichtet die aufgeregte Stimme einer Lehrerin, einen grässlichen Fund gemacht, Beim Spielen, so erzählt sie, in den Höhlen des nahe gelegenen Steinbruchs, da steht zwar ein großes Schild „Betreten verboten, Einsturzgefahr", aber sind halt Kinder eben, die kümmern sich ja um so was einen Dreck, fanden sie beim Versteckspiel einen stark verwesten, fast schon skelettierten Körper, oder einen Teil dessen.

Max natürlich, wer sonst, das ist der, der als sein schönstes Ferienerlebnis von einem Knack in einer geschlossenen Ausflugsgaststätte mit seinem Cousin Ricardo berichtete, wo sie einen anständigen Polterabend anrichteten. Zum Glück für die beiden übernahm den Schaden damals die Haftpflichtversicherung der Eltern, aber diesmal, man muss ja auch an die Psyche der armen Kinder denken. Und so blieb den beiden Diensthabenden Beamten nichts Anderes übrig, nachdem sie die zuständige Behörde informiert hatten, als sich in ihren alten Passat, der neue Polizeiwagen war zwar schon lange beantragt, aber wie das immer so ist, man ist halt hier am Arsch der Welt und somit nicht so wichtig, zu setzen und los zu fahren, um den Tatort zu sichern, hoffentlich sind sie mit ihrem „Rennwagen" noch vor der zuständigen Behörde vor Ort.

Zurück in der Wache blieb nur die dicke Elke. Ja, es war ein gerade zu idyllisches kleines Städtchen, dachte sie verträumt bei sich, in dem nie, wirklich nie etwas Aufregendes zu passieren schien, dabei sehnte sie sich so sehr nach einem Abenteuer, nach einer spannenden Geschichte, wie sie sie stets in ihren so geliebten Krimis verschlang. Seit nun mehr fünf Jahren arbeitete sie als Telefonistin und Mädchen für alles im örtlichen Polizeirevier, immer in der stillen Hoffnung mal etwas Stoff für ihren seit langem schon geplanten ersten eigenen Roman zu erhalten, doch nichts tat sich.

Ab und an gab es ein paar Gerüchte über seltsame Vorgänge in der neuen psychiatrischen Klinik im Park, doch es war nichts Stichhaltiges. Aber den ach so braven Bürgern von Münzelsbach war es wohl einfach nicht geheuer eine solche Anstalt in ihrer Nähe zu wissen. Manch einer behauptete sogar, dass sich dort eine Sekte niedergelassen hätte oder noch schlimmeres, ein Rechtsanwaltsbüro.

Elke schmunzelte vergnügt, tja wie es wohl so häufig der Fall war, tummelte sich auch in dieser Kleinstadt so manch seltsame Gestalt.

***

„Lessner, Charlotte", mehr brachte das Mädel nicht hervor. Sichtlich genervt zog sie Maria nun mit sich hinein in dieses riesige Gebäude. Allzu weit kamen beide nicht, denn ein großer, breitschultriger junger Mann stellte sich ihnen in den Weg. „Mensch Maria musstest du dich gerade heute so verspäten?! Doktor Hinterseer erwartet dich bereits." „Das ist Charlotte Less..." „Keine Sorge, ich weiß bescheid. Wir haben schon alles für Frau Lessners Ankunft vorbereitet. Ich bringe sie auf ihr Zimmer und du machst, dass du zum Chef kommst, klar!" Der junge Mann war Jack, er hatte auch Medizin studiert, war drei Jahre im Studiengang vor Maria. Sie konnte sich noch gut an ihn erinnern. „Sie ist hier Patientin?", entgeistert blickte sie Charlotte an, da war ihre Vermutung doch richtig.

Ach ja, das war es gewesen...Charlotte lächelte Maria entschuldigend an.

Zuckte noch kurz mit den Schultern und ließ sich vom Pfleger zu ihrem Zimmer führen.

Kapitel 3

Wie versteinert stand Maria da auf dem Flur und ihr begannen die Knie zu zittern, „hier anzufangen war wohl doch keine so gute Idee gewesen. Das Mädel war eine Patientin, natürlich, das erklärte einiges: Ihr merkwürdiges Verhalten im Park, das Gesinge, der abwesende Blick, ihre gehetzte Art. Ich muss blind gewesen sein", schoss es ihr durch den Kopf.

Ein ungehaltenes Räuspern hinter ihr riss sie aus ihren Gedanken. „Oh Gott ich war ja immer noch zu spät dran", wurde ihr augenblicklich klar. Sie drehte sich um und schaute direkt in die kalten Augen ihres neuen Chefs.

„Dr. Instenburg, es tut mir leid, der Nebel, ich, ähh...", begann Sie zu stottern aber er unterbrach Maria mit einer einzigen unwirschen Geste seiner großen Hand.

„Mein Name ist Hinterseer, Dr. Hinterseer. Ich muss Ihnen sicherlich nicht erläutern, dass Pünktlichkeit und Zuverlässigkeit zu unsern obersten Tugenden zählen. Ab heute kann mich nur Leistung überzeugen."

Sie straffte die Schultern und hob den Blick, um diesem Mann fest in die Augen zu blicken.

„Dr. Hinterseer meine Verspätung tut mir leid, aber bei diesem Nebel ist es ja kein Wunder, wenn man sich verirrt. Ich kann Ihnen versichern, dass es nie wieder vorkommen wird. Außerdem wäre ich Ihnen dankbar, wenn Sie meinen Vater aus dem Spiel lassen würden. Er hat nichts mit meiner Arbeit hier zu tun."

Maria spürte, wie ihr eine leichte Röte über die Wangen kroch, doch sie hielt seinem Blick stand. Er musterte sie aufmerksam, so als wolle er versuchen in ihr Innerstes zu blicken. „Psychiater", beruhigte sie sich, „die müssen wohl so gucken."

„Ich werde Sie im Auge behalten, und jetzt gehen Sie sich umziehen, die verlorene Zeit werden Sie heute nacharbeiten."

Damit drehte er sich um und ging. Er ließ Maria einfach stehen. „So ein ungehobelter Mensch. Keine Ahnung wo ich jetzt hinsollte" wurde ihr bewusst, also folgte sie einfach Jack, der diese komische Frau Lessner unter seine Fittiche genommen hatte.

Dr. Hinterseer blieb stehen und schaute Maria hinterher als sie sich entfernte. Er war für weibliche Reize absolut unempfänglich und würdigte ihren gut gebauten Hintern in den engen Jeans, der über den Gang schaukelte, keinen Blick. Stattdessen schien er einen Punkt zwischen ihren Schulterblättern zu fixieren. Er dachte nach über diese Frau, die scheinbar das Temperament ihres Vaters geerbt hatte.

„Wir werden sehen", murmelte er vor sich hin „Wir werden sehen.".

„Jack ich bin so froh, dass ich dich gefunden habe, wer soll sich denn in diesem Kasten zurechtfinden? Dein Chef hat mich einfach stehen lassen."
Jack schaute Maria mit seinen braunen Augen ins Gesicht und sie spürte plötzlich wieder dieses warme Kribbeln, dass sie schon immer hatte, wenn sie früher ihn sah. Er war ein Kommilitone drei Studienjahre vor ihr und auch zum zweiten Mal in dieser Einrichtung. Ihn faszinierten geistig gestörte Menschen.
„Mach dir mal keine Sorgen Maria, der Doktor ist etwas komisch, aber ein absoluter Spezialist auf seinem Gebiet. Ich zeig dir die Umkleiden, komm."

Er ließ sie vorgehen, denn anders als sein Chef wusste er weibliche Reize durchaus zu schätzen. Besonders wenn sie ihm auf so einladende Art präsentiert wurden.
Ihr Weg führte sie in den zweiten Stock, vorbei an zahlreichen Zimmern, über steril wirkende Flure, die in kaltes Neonlicht getaucht waren und so noch weißer strahlten. Es gab keine Farben in diesem Haus alles war klar und aseptisch, beinahe kalt. Überall hingen Kameras, die jeden Schritt der beiden mit einem Sirren verfolgten. Es gab viele Türen, Sicherheitsschleusen, die Jack nur mit einer speziellen Karte öffnen konnte.
„So wir sind da, hier sind die Damenumkleiden. Wenn ich dir dabei auch helfen soll, dann sag bescheid, es wäre mir eine Ehre.", bemerkte er mit

einem schelmischen Grinsen und erntete dafür nur einen bösen Blick, den er Maria nicht ganz abnahm. Dafür erinnerte er sich nur zu gut an die Nacht in der Universitätsbibliothek.

„Dann warte ich hier und zeig dir als nächstes das Haus und deinen Arbeitsplatz, wenn du fertig bist." Mit einem freundlicheren Lächeln verschwand sie hinter der schweren Tür.

**

Als ob sie es geahnt hätten, endlich am Tatort angekommen, man hatte sich ja wirklich förmlich den Arsch aufgerissen, zwei Ampeln bei rot überfahren, zum Glück hatte man ja ein Signalhorn, schließlich mussten sie ja dringend zum Tatort und als Polizeioberwachtmeister ist ja man nicht sonst wer, und dann war da noch der Scheiß-Blitzer, wer hat denn den aufgestellt, haben die denn nichts wichtigeres zu tun als dienstbeflissene Beamte in ihrer Ermittlungsarbeit zu behindern, also ich könnt euch da was erzählen, aber lassen wir das, nun sind wir ja am Tatort, schoss es Torsten, dem ranghöheren der beiden Polizisten durch den Kopf.

Nun was soll denn das schon wieder, was wollen die denn hier, da war der Schmierfink von der Örtlichen und die Grünschnäbel von diesem Jugendsender und dann noch mit Kamera und Mikro, Mensch kommen die sich wieder wichtig vor und dann noch die unzähligen Schaulustigen, Hallo Leute, wir haben heute Montag, morgens um Neun, haben die alle nichts Anderes zu tun als für Recht und Ordnung sorgenden Beamten im Weg rum zu

stehen und vielleicht noch wichtige Spuren zu ver-
wischen. Also nein, das haben wir bestimmt wieder
dieser geltungssüchtigen Kuh aus der Schule zu
verdanken, statt ordentlich unsere Kinder zu unter-
richten und dafür zu sorgen, dass aus dieser auf-
müpfigen Jugend mal vernünftige, fleißige Arbeiter
oder auch Polizisten werden, tratscht die wieder
überall rum und erzählt den Leuten sonst was, das
grenzt ja schon an Aufwiegelung, weggesperrt gehört so was, und die lässt man auf unsere Kinder
los, da kann ja nichts gescheites bei raus kommen,
also zu meiner Zeit gab es so was nicht, da herrsch-
ten noch Zucht und Ordnung und nicht so ein De-
mokratiegetue, ist doch nur Dummschwätzerei und
behindert ehrliche Bürger bei der Arbeit. Na ja nun
reg dich bloß nicht auf, das ist gar nicht gut bei deinem Bluthochdruck. Das hätte es bei Bernhard nicht
gegeben, das war ein Kerl, ein richtig guter Polizist,
der hätte einfach alle wegtreten lassen, aber schade dass ihm das passiert ist, gerade er hat so was
nicht verdient, was macht der arme Kerl eigentlich
jetzt, muss ich doch gleich mal Elke fragen, wenn
ich wieder auf der Wache bin, na gut, schauen wir
erst mal was hier los ist, also raus aus dem Wagen,
sagte Torsten zu sich selbst.

„Meine Damen und Herren, könnten sie mal so
freundlich sein und ein wenig bei Seite gehen,
schließlich handelt es sich hier um einen Tatort, und
wenn ich das richtig sehe, sind wir hier die ermit-
telnden Beamten. Freddy, sperre doch gleich mal
das gesamte Karree mit dem schönen rotweißen
Band ab und hallo Leute, nun macht doch endlich
mal Platz. Nein Herr Neunmalklug, wir wissen noch

nicht, was hier passiert ist, selbstverständlich informieren wir die Presse, so bald wir konkreteres zum Tathergang wissen."
Nun lass uns mal in die Höhle gehen, ach scheiße ist das hier dunkel. Freddy gib doch mal die Taschenlampe, was, keine bei, auch nicht im Auto, bei der sind die Batterien alle und Elke hat noch keine besorgt, na die kann sich auf was gefasst machen, wie stehen wir denn jetzt da, wie die Deppen von der Polizeiwache, es gibt doch keine Polizeiwitze, die entsprechen alle der Wahrheit. Na gut, da werden wir mal wichtigtun und auf die Kollegen von der Behörde warten.
Na wie aufs Stichwort, da kommen die Herren ja schon. „Nein, Herr Oberamtsrat, wir waren noch nicht in der Höhle, haben erst mal ordnungsgemäß den Tatort gesichert und auf sie gewartet, sollen ja auch keine wertvollen Spuren verwischt werden.
Bitte Herr Oberamtsrat, nach Ihnen." „Mensch ist das dunkel hier drin, kann denn nicht einer mal Licht anmachen. Ach sie haben keine Lampe bei, ist ja peinlich, na da warten wir doch auf die Spurensicherung, wo bleiben die eigentlich, die müssten doch längst hier sein."
Na los Freddy, da rauchen wir doch erst mal eine, oder halt, besser wir trinken einen Tee, der ist schön heiß, gerade richtig bei diesem Wetter, diese feuchte Kälte und dann noch dieser Nebel und das im Spätsommer, will der denn heute gar nicht abziehen?

***

Wollte er, doch erst des Nachts, wenn in den Häusern auch noch das letzte bisschen so verzweifelt nach außen aufgebaute Fassade zu bröckeln begann und ein jeder Bürger sich nun auch endlich als Mensch fühlen konnte.

Fern ab von den immer wachsamen Augen der Öffentlichkeit saß Bernhard in seinem viel zu großen Haus und dachte nach. Nicht etwa über sein Alkoholproblem und das es wohl Ursache für all das war, was ihm die letzten Jahre geschehen ist, sondern über diese beiden Mädels aus dem Park.

Immer wieder wanderten seine Gedanken zu ihnen, umkreisten sie, betrachteten sie von allen Seiten und er gefiel sich selbst ein wenig dabei, mal wieder nicht entdeckt worden zu sein auf einer seiner „Touren", welche ihn vom Rest seines noch verbliebenen Daseins, nach dem Tod seiner Frau und dem Verlieren seines Mädchens, ablenkte. Wenn auch nicht annährend hinreichend, so war es doch wenigstens ab und an interessant.

Eine leichte Befriedigung machte sich in ihm breit, begleitet von einem dünnen Lächeln...morgen würde er wieder losziehen, in aller Frühe und Ausschau halten nach dem Mädel mit dem so anziehenden, weißen Hals.

Doch für den Augenblick war er gezwungen sich loszureißen von seinen Plänen, gleich würden Freddy und Torsten auf ein, zwei Bier vorbeischauen. Sie hätten Neuigkeiten hieß es. Über einen Kadaverfund in den Höhlen – ein Hund, möglicherweise sein Hund, durchfuhr es ihn, endlich ein Hinweis, so hatte er die Hoffnung.

Kapitel 4

Und da klingelte es auch schon an der Haustür. Über die Wechselsprechanlage meldete sich Torsten: „Lass uns zu Hermann in den „Blauen Tunnel" gehen, eine Luftveränderung kann dir nicht schaden, immer nur in den eigenen vier Wänden, da muss man ja rammdösig werden."

***

Im „Blauen Tunnel" sah es aus wie immer um diese Uhrzeit, der Schuppen war verqualmt und die Kerzen auf den Tischen konnten die trübe Brühe auch nicht so richtig aufhellen. Karl hing dösend an seinem Tisch und hatte mal wieder seine drei Achtel im Turm, der Sparverein saß auch in seiner Ecke und diskutierte dermaßen laut über den Bankenskandal, als ob alle im Laden auch wirklich hören sollten, was sie da wichtiges von sich zu geben haben. Aus dem Lautsprechern dröhnten die schweren Gitarren von Rammstein, na das ist wenigstens guter Deutschrock. Schon wegen der Musik lohnt es sich schon in den Laden zu gehen, das ist halt noch richtige Musik, nicht wie das ewige Gerappe und dieser Chart-Scheiß.
Hermann zapfte den Dreien gleich ihr Bier, auch der wusste noch was sich gehört, wie man Stammgäste verwöhnt. Tja so ein Frischgezapftes ist schon was Edles zum verdienten Feierabend.
Sie quatschten über das Übliche, Fußball, das Wetter und wie üblich die Frauen, und was Bernhard

natürlich am meisten interessierte, den mysteriösen Fund in der Höhle.

Also sein Hund war es wohl nicht, dafür waren die Überreste zu klein, aber da war doch vor zwei Jahren die Sache mit der Hundeentführung, dem Schoßhündchen von der Politikertochter, über die die Örtliche so herzzerreißend berichtet hatte, was ja dann noch zu Verwicklungen beim Landrat führte, vielleicht steht man ja damit kurz vor der Aufklärung dieses brutalen Verbrechens, das wäre doch mal was. Und das in unserer Stadt, dass nicht nur Fahrraddiebe gefasst, sondern auch mal so ein richtig schweres Verbrechen geahndet wird...ja das lässt einen doch Hoffen.

„Die Entführung von Kleinschnurzie kurz vor der Aufklärung" und dass durch unsere unermüdlichen Polizei- Aktivisten, so oder so ähnlich wird es dann in großen Lettern auf der Titelseite der hiesigen Zeitung stehen, vielleicht werden wir sogar namentlich benannt, na gut, dass mit dem „wir" ist ein anderes Thema. Aber egal, das wäre es doch, der Beförderung steht damit nichts mehr im Weg und vielleicht klappt es dann auch mit dem neuen Dienstwagen, einen 5er BMW, super.

Umso mehr Bier in sie rein floss, desto wärmer wurde ihnen ums Herz. In diesem Vorgefühl der hohen Lust geniest man doch den Augenblick, ach sind wir mal wieder genial. Die Stunden plätscherten so dahin, die Augen wurden immer trüber und die Zunge schwer, es wurde Zeit sich zu verabschieden, war doch mal wieder ein toller Abend bei Herman und der Nebel da draußen hatte sich auch endlich verzogen.

***

In der Klinik begann es allmählich ruhiger zu werden, nachdem Maria sich den ganzen Tag wie in einem Taubenschlag gefühlt hatte. Jack hatte sie herumgeführt und sie wusste beim besten Willen nicht mehr, wo sie überall gewesen war. Morgen musste sie ihn um einen Lageplan bitten, diese Villa war einfach zu verwinkelt.

Anstatt gleich mit den Patienten zu arbeiten, die zahlreich in diese Klinik zu strömen schienen, musste Maria erst einmal die ankommende Ware entgegennehmen, Kaffee kochen und dann die Kisten auspacken, die unzähligen Arzneischächtelchen in die Regale einräumen und wieder Kaffee kochen und dann zur Mittagszeit das Essen der Ärzte holen.

An eine Mittagspause war nicht zu denken, denn sie bekam noch einige solcher, wie sie fand, dämliche Aufträge. Als sie kurz vor Feierabend dann endlich einmal eine, wie sie dachte, wohlverdiente Zigarette rauchen wollte, wurde sie von einer matronenhaften Oberschwester wenig freundlich auf das bestehende Rauchverbot hingewiesen. Vollends deprimiert machte sie ihre Arbeit zu ende, und das immer unter den strengen Augen von Dr. Hinterseer.

Dieser Mann schien einfach überall zu sein. Während man Professor Dr. Instenburg nicht zu Gesicht bekam, war Hinterseer ständig präsent. Er überwachte diese Klinik mit seinen kalten Augen und ihm schien nichts zu entgehen, nicht einmal der kleinste Fehler seiner Mitarbeiter, von der Putzfrau bis hin zum Oberarzt.

Zum wiederholten Male an diesem Tag dachte Maria daran, dass diese Arbeit wohl nichts für sie war und dass es sich als größter Fehler ihres Lebens entpuppen würde, wenn sie nicht sofort kündigte. Aber Maria wollte durchhalten, Aufgeben lag nicht in ihrer Natur. „Scheinbar habe ich doch etwas mit meinem Vater gemeinsam", ging ihr durch den Kopf.

Als sie auf ihre Uhr schaute, war es bereits 20 Uhr durch, sie hatte ihre Verspätung mit drei Überstunden nun wirklich rausgearbeitet und dachte erleichtert daran, dass sie gleich diese Klinik verlassen würde. Vorher wollte sie sich noch von Jack verabschieden. „Ach ja, Jack. Er war etwas ganz Besonderes und mir wurde immer noch schwindelig, wenn ich an die Nacht in der Uni dachte. Verdammt, wäre ich nicht so stolz gewesen und hätte mich bei ihm gemeldet, wer weiß was dann geschehen wäre. Aber jetzt war er ja hier, und gab es eine bessere Gelegenheit mich ihm zu nähern als auf Arbeit? Schließlich brauchte ich viel Hilfe, wenn ich diesen Terror von Hinterseer überleben wollte", sagte sie zu sich selbst. „Rauchverbot, das war reine Schikane. Mein Plan nahm langsam Gestalt an, ich habe schließlich bis jetzt immer bekommen was ich wollte und da dürfte Jack auch nicht lange widerstehen können. Obwohl diese Arbeitsklamotten nicht gerade vorteilhaft wirkten: eine weiße schlabberige Hose und ein kartoffelsackartiges Oberteil, nicht mal einen Kittel bekam ich wie andere Medizinstudenten."

So in Gedanken schlenderte Maria über die Flure ihrem Feierabend entgegen und bekam natürlich viel zu spät mit, dass sie in die völlig falsche Richtung ging. Der Gang, in dem sie sich befand, hatte so gar keine Ähnlichkeit mit dem Weg, den sie nehmen musste um zum Ausgang zu gelangen. „Verdammt, das zweite Mal an diesem Tag verirrte ich mich." Maria beschloss einfach den Weg, den sie gekommen war, zurück zu gehen. Doch welcher Weg war das? Die Flure sahen alle gleich aus und sie konnte sich einfach nicht erinnern, wo sie langgegangen war, weil, ja genau, weil sie nur an Jacks Hintern und seine treuen Dackelaugen gedacht hatte. Innerlich begann sie ihn zu verfluchen, einer musste jetzt ihren Zorn abbekommen und ein anderer war gerade nicht greifbar.

Maria irrte durch die Flure, immer verfolgt von den sirrenden Kameras und langsam kroch Panik in ihr hoch. Sie hatte schon immer einen gesunden Respekt vor psychisch kranken Patienten, als Kind sogar eine scheiß Angst. Was wenn ich genau in so ein Patientenzimmer lief und man mich nicht mehr gehen ließ, waren ihre Befürchtungen. Vor Panik beschleunigte sich ihr Schritt, sie begann zu rennen, immer schneller und kopfloser, bis es nicht mehr weiterging. Keuchend blieb sie vor einer Wand stehen, hinter ihr rechts und links Zimmer und ein Geräusch. Ein Geräusch, nein eher ein Singsang. Wer sollte denn hier singen? Doch schlagartig konnte sie diese Frage beantworten als sie die Melodie erkannte: „Sonne wie ein Clown".

„Hier mussten wirklich Patientenzimmer sein und ich dusselige Kuh war natürlich genau vor dem von

Frau Lessner gelandet", sagte sie zu sich. Langsam und leise schlich sie näher, bis ich vor der Tür stand und lauschen konnte. Ihre Stimme klang bezaubernd, ihr fehlte jeglicher Wahnsinn von heute Morgen. Fast wie ein Engel, Maria war so bezaubert, dass sie alles um mich herum vergaß.

***

Als Jack seinen letzten Kontrollgang unternahm, ging er auch durch die Patientenflure. Er traute seinen Augen kaum als er Maria in einem der Gänge entdeckte, mit dem Ohr dicht an die Tür eines Zimmers gepresst, die Augen geschlossen und um die Mundwinkel ein verträumtes Lächeln.

„Maria?" fragte er leise und berührte ihren Arm.

„Ja, oh Jack, gut dass du hier bist, ich habe den Ausgang nicht gefunden."

Maria schien wie aus einem Traum zu erwachen, aber sofort stahl sich wieder dieses umwerfende Lächeln auf ihr Gesicht, dem Jack nur schwer widerstehen konnte.

„Na komm, ich muss auch heim, ich bring dich ein Stück." Er fragte nicht weiter und Maria sagte nichts zu diesem komischen Vorfall, vor der Klinik verabschiedeten sie sich voneinander.

***

Gott war das dunkel, Maria beschloss nicht wieder durch den Park zu gehen, sondern die Straße zu nehmen, die zwar länger war als der Parkweg, aber auch in die Stadt führte. Dort könnte sie ja dann den

Bus nehmen, der durch die Stadt fuhr. „Dann muss ich zwar am „Blauen Tunnel" vorbei, aber egal. Ich hatte Jacks Einladung auf einen Kaffee doch glatt ausgeschlagen, aber diese Stimme. Sie ging mir einfach nicht aus dem Kopf. Wie konnte jemand, der sang wie ein Engel, verrückt sein?", waren ihre Gedanken.

Der Bus war ja nur noch drei Querstraßen entfernt. „Aus dieser Spelunke kamen immer irgendwelche Besoffenen und wer weiß, was die für Gedanken im Kopf hatten." Sie musste wieder an diese bezaubernde Stimme denken, als es hinter ihr knackte. Maria drehte den Kopf, sah aber nur einen Schatten hinter einer Häuserecke verschwinden. „Verdammt, ich hätte doch das Angebot meines Vaters annehmen sollen, seinen Porsche zu fahren, dann müsste ich jetzt nicht hier durch die Finsternis irren", musste sie zu ihrem Bedauern feststellen.

Maria drehte sich herum, immer wieder und starrte in die Dunkelheit. Der Nebel hatte sich gelegt, aber sie wusste nicht was ihr lieber war: Nebel oder diese undurchdringliche Finsternis, die nicht einmal die milchigen Straßenlaternen, die ohnehin spärlich gesät waren in dieser kleinen Straße, durchdringen konnten.

Maria beschleunigte ihren Schritt, nur noch eine Querstraße und sie würde die rettende Bushaltestelle erreichen. Hinter ihr hörte sie ein Rascheln, oder war es doch eher ein Knacken?

„Bestimmt nur ein Vogel", versuchte sie sich zu beruhigen. Ihre Absätze klapperten über den Asphalt, das Geräusch hallte zwischen den Häusern wieder, klang hohl in Marias Ohren. Hohl und kalt, es spiegelte ihre Einsamkeit in dieser Gegend wieder. Oder war sie doch nicht allein?

„Jetzt beruhige dich doch Mädchen", redete sie sich ein. Maria lief schneller, ihr Atem ging inzwischen stoßweise, ihr Puls raste, dröhnte in ihren Ohren, nicht nur vor Anstrengung, sondern auch vor Angst. Sie drehte sich inzwischen nicht mehr um, schaute nur noch geradeaus, ihre Augen auf das noch nicht sichtbare Ziel gerichtet.

„Ganz ruhig, ganz ruhig, gleich bist du da, gleich bist du in Sicherheit", flüsterte Maria leise vor sich hin.

Wieder ein Geräusch hinter ihr, ein Zischeln oder Wispern, oder doch eher Schritte die ihr folgten? Angst griff nach ihrem Herzen und schnürte es zusammen wie eine eisige Faust.

Sie wollte nicht stehen bleiben, sie wollte weitergehen, immer weiter, endlich zu Hause ankommen. Und doch blieb sie stehen. Es war, als würde eine magische Kraft sie dazu zwingen, sich umzusehen. Wie in Zeitlupe drehte sie den Kopf, gefasst darauf dem Unbekannten ins Gesicht zu sehen.

„Hallo? Ist da jemand? Ich warne Sie, ich bin schon mit ganz anderen Leuten fertig geworden, ich mache Karate!" Das Zittern in ihrer Stimme strafte ihre Worte Lügen, die eigentlich tapfer und kraftvoll klingen sollten.

Langsam ging sie rückwärts, ihren Blick jetzt angestrengt in die Nacht gerichtet. Vorsichtig setzte sie einen Fuß vor den anderen um auf dem nassen Pflaster nicht auszurutschen.

„Da musste doch irgendjemand sein, sie wurde nicht verrückt, sie…"

***

Charlotte saß einsam in ihrem Zimmer und dachte an vergangene Zeiten "Nun war die Nacht hereingebrochen und mit dem Tag nahm sie den Nebel. Ob es hier immer so diesig ist?
Schade wär's schon, ich liebe es im Wald herum zu wandern, vielleicht auch mal ein Tier zu erblicken; bist du ganz still, verharrst in der Bewegung, ja atmest kaum noch.
Als ich noch klein war, hab ich das oft getan, den Schatten der Bäume gesucht und gelauscht, gewartet auf Leben. Mich an jeden Augenblick geklammert, in welchem ich ganz für mich sein konnte.
Jeder wäre wohl an mir vorübergezogen, ohne mich auch nur eines Blickes zu würdigen, gar zu bemerken, während meiner fast schon täglichen Rituale - so starr war mein Körper, verschmolz mit der Umgebung, wurde eins mit dem Nichts."
Doch das Verstecken gelingt nicht mehr, seit ein paar Jahren schon. Diese verdammten Aussetzer lassen Charlotte zu auffällig erscheinen, man bemerkt sie nun, wirklich jeder Träumer kann sie wahrnehmen, das macht Charlotte krank!
Gut, die Aussetzer tun ihr übriges…
Und so saß Charlotte im Dunkeln ihres neuen Zuhauses, starrte aus den vergitterten Fenstern in die Nacht hinaus und hing ihren Gedanken nach. Obgleich sie seine Anwesenheit mit jeder Faser ihres Körpers spüren konnte, so wie das schon immer der

Fall gewesen war, wenn andere Menschen sie umgaben – ganz gleich wie unauffällig sie sich zu benehmen wussten – reagierte sie nicht auf den Mann, der sie seit ein paar Minuten aufmerksam durch das winzige Fenster in der Tür beobachtete.

***

Schnellen Schritts tippelte Elke die nur spärlich beleuchtete Straße entlang. Angestrengt lauschend, so wie es ihre Angewohnheit war, doch alles was sie vernahm, war der Klang ihrer Absätze.

Ort ein Hündchen so brutal sein Leben lassen Sie musste zugeben, ein wenig schauderte ihr schon bei dem Gedanken, dass in diesem ruhigen musste – wer war nur zu so etwas Abscheulichem in der Lage?

Das Tier war zwar schon ziemlich verwest, nein nicht skelettiert, wie es anfangs hieß, doch man konnte oder vielmehr sie – Elke – konnte schon anhand der Tatortfotos, auf welche sie einen kurzen Blick werfen durfte, ahnen, was passiert sein musste: Es schien gehäutet und danach, schon beinahe chirurgisch, geöffnet, um schließlich sein Innerstes frei zu legen. Aber Organe wurden wohl nicht entnommen.

Wer auch immer dafür verantwortlich war, tat es anscheinend zu Studienzwecken.

Obgleich es sie mehr als nur anekelte, war sie tatsächlich irgendwie fasziniert, so schien es ihr. Ja, sie ertappte sich sogar bei dem Gedanken, dass dies der perfekte Anfang für ihre Geschichte sein könnte. „Endlich!", kicherte sie in sich hinein. Doch ihr zufriedenes Grinsen verschwand mit einem Mal, als sie hinter sich ein Rascheln hörte. „Bestimmt nur ein Piepmatz…" Unwillkürlich bescheunigte sich ihr Gang und trotz der kühlen Brise, schwitze sie jämmerlich.

Nun doch leicht verschreckt, versuchte sie ihre recht plumpe Gestalt schnellstmöglich nachhause zu manövrieren. Sie wollte nur noch die Tür hinter sich fest verschließen und sich mit ihren Büchern zurückziehen.

„Jetzt komm doch mal runter!", zwang sie sich zur Ruhe, es enttäuschte sie regelrecht, wie schnell sie doch hysterisch wurde. Gerade sie, die sie alle Kathy Reichs Romane auswendig konnte …

„Was war das? Hallo, ist da jemand?"…"Ja, genau, als ob der psychopathische Massenmörder von Nebenan so wohl erzogen ist, dich zu warnen, bevor er aus dem Dickicht springt." Aber irgendwer schien in der Nähe, dessen war sie sich sicher. Na gut, auch wenn sie in einer kleinen Stadt lebte, gab es hier um diese Uhrzeit sicher auch noch andere, ebenfalls nachhause wollende Menschen außer ihr, also wieso schaffte sie es einfach nicht sich zu beruhigen?!

Und tatsächlich da eilte eine zierliche, etwas wirsch wirkende Person in ihre Richtung, sich immer wieder umdrehend und leise vor sich hin brabbelnd. Auch sie schien hastiger unterwegs, als es nötig sein sollte in einem sicheren Ort wie Münzelsbach. Elke wollte gerade auf sich Aufmerksam machen, da die junge Dame im Begriff war schnurr stracks in sie hinein zu rennen, als beide mit einem Mal auf ihren Hintern plumpsten.

„Achdujeh, junge Frau sie sollten einen wirklich nicht so erschrecken. Also ehrlich, nachts hier so durch die Gegend zu schleichen. Da bekommt man ja einen Herzinfarkt."
„Entschuldigung, ich, ich...", stotterte Maria. Sie saß auf dem Boden im Schmutz und schaute einer etwas fülliger geratenen Frau in das rosige Gesicht. Ihre Wangen waren rund, genauso wie ihr Ansatz zum Doppelkinn. Ihre kleinen Augen schimmerten in einer Mischung aus Blau und Grün und ihre blonden Locken klebten verschwitzt an ihrem Kopf.
Maria stand langsam auf und klopfte sich den Dreck von der Hose. Sie überragte die unbekannte Frau um eine ganze Haupteslänge.
„Es tut mir leid, ich habe nicht aufgepasst. Ich muss jetzt weiter, mein Bus..." Maria wies in Richtung Haltestelle und ging dann ihres Weges ohne sich noch einmal umzusehen.
Elke schaute ihr hinterher, schüttelte den Kopf und setzte dann ihren Weg fort.

***

Jetzt ist Maria schon das zweite Mal an diesem gottverdammten Tag mit einem wildfremden Menschen zusammengestoßen. Sie ist froh, wenn sie endlich zu Hause ist, ein langes Bad will sie nehmen und ein Bier trinken, oder vielleicht doch lieber eine heiße Milch, ja genau, eine heiße Milch mit Honig.

Wer war diese Frau nur, irgendwie kam sie Maria bekannt vor. Sie grübelte „vielleicht kennt sie diese vollschlanke Frau von der Uni? Nein zu alt, oder aus der Klinik? Nein eher nicht, ich hätte mir das Gesicht bestimmt gemerkt, oder auch nicht. Heute habe ich so viele Menschen kennen gelernt, die kann ich mir unmöglich alle merken". Sie ging in Richtung Bushaltestelle und schaffte gerade noch so den letzten Bus. Lange starrte sie noch in die Dunkelheit und zerbrach sich den Kopf über das was sie eben erlebt hatte. Aber nicht über die unbekannte Frau, sondern über die Geräusche die aus der Finsternis kamen. Irgendjemand musste da doch noch gewesen sein...

***

Elke blickte Maria noch eine kurze Zeit hinterher, dann zuckte sie mit den Achseln und setzte ihren Weg fort. Sie war keine Frau, die unbedeutende Zwischenfälle wie dieser aus der Bahn warfen, sie gruselte sich nicht lange und grübelte auch nicht groß nach. Sie überlegte höchstens für einen winzigen Moment, wie sie diesen Zusammenstoß vielleicht in ihrer Geschichte verarbeiten konnte: „Eine junge Frau, allein auf der Straße, plötzlich angefallen von einer ihr unbekannten Person, grausam verstümmelt und am nächsten Morgen von ihrem trauernden Freund aufgefunden..."
„Ach ja, das wäre eine gute Szene.", seufzte Elke und schlenderte nun gemächlich über die Straße, völlig in Gedanken versunken.

„Wenn die junge Frau einen Freund hat, wie würde er wohl aussehen? Sicherlich groß, dunkelhaarig und mit einem durchtrainierten Oberkörper bei dessen Anblick einem schwindelig wird. Seine Stimme wäre rauchig, seine Frisur verwegen und er würde selbstverständlich alle Kniffe der Liebe beherrschen um seiner Angebeteten im Bett den Himmel auf Erden zu bescheren. Ach ja, die Liebe, stürmisch wäre sie zwischen den beiden, wie ein Gewitter so kraftvoll und Energie geladen. Wild und rücksichtslos, beide nur darauf bedacht ihre animalischen Gelüste zu befriedigen, übereinander herzufallen um sich völlig zu verlieren. Ja das ist es, purer hemmungsloser Sex so wie er sein sollte."…

„Hallo Elke, na mein Mädchen, so spät noch alleine unterwegs?"
Elke blieb abrupt stehen und drehte sich schon fast wütend herum. Man hatte sie in ihren Gedanken gestört und das durfte schließlich niemand mit einer angehenden Schriftstellerin machen. Schon gar nicht der Mann, der jetzt lässig im Türrahmen vom „Blauen Tunnel" lehnte und eine Zigarette auf den feuchten Asphalt schnippte. Er wollte scheinbar wirken wie John Wayne, trug allerdings anstatt des Cowboyhutes eine speckige Baseballkappe und glich auch, was die Statur betraf, nicht ihrem über alles geliebten Idol. Sein Hemd wies schon ein paar Bierflecken auf, die sich vorwiegend um seinen nicht unbedeutenden Bauch gruppierten und sein Dreitagebart wirkte nicht sexy und verwegen, sondern eher ungepflegt. Der Hintern in seiner zugegeben recht teuren Blue Jeans war nicht appetitlich

knackig, sondern wirkte eher wie der Hintern eines Mannes, der schon seit 41 Jahren auf seinem guten Stück Tagaus Tagein saß. Elke warf ihm einen unwirschen Blick zu und verdrehte die Augen.

„Die Frage ist eher, was du hier suchst, oh warte ich kann es mir schon denken. Du hast wahrscheinlich gerade deinen Säuferfreunden von deinem bedeutenden Fund heute erzählt und dann habt ihr euch ausgemalt, wie eure glänzende Karriere in eine paar Jahren weitergehen wird, stimmt's? Oder habt ihr einfach nur wie immer gesoffen?" Elkes Stimme troff vor Ironie, sie legte allen Unmut über ihr eigenes Leben in ihre Anschuldigungen. Wie hatte sie nur mit diesem Mann das Bett teilen können? Obwohl, bei Tage auf dem Revier besehen, war er gar kein so schlechter Fang, zumindest nicht schlechter als die Männer, die sie vor ihm hatte. Er hatte sie noch nie geschlagen.

Langsam kam Freddy auf sie zu, er hatte getrunken, wie sie an seiner Bierfahne erkannte, aber er war nicht betrunken.

„Wie wäre es mit ein wenig Spaß heute mein Schatz, nur du und ich und eine heiße Nacht. Ich erfüll dir die wildesten Träume." Er zwinkerte Elke zu und für einen Moment konnte sie sich vorstellen, wie er als junger Mann ausgesehen haben musste, bevor eintönige Dienste, Bier und Resignation einen alten Mann aus ihm gemacht hatten. In seinen Augen lag noch immer dieses schelmische Funkeln, obwohl Elke wusste, wie die Nächte mit ihm aussahen und dass sie eher einer lauen Briese glichen als einem tropischen Wirbelsturm.

„Du wirst vorher duschen, und du rasierst dich." Elke drehte sich auf dem Absatz herum und ging in Richtung ihrer kleinen Stadtwohnung, Freddy folgte ihr wie ein treuer Hund.

***

Es versuchte Bernhard immer wieder, wenn die Menschen ihre Vorhänge nicht zuzogen, an keinem noch so klein erscheinenden Spalt konnte er vorübergehen, er musste einfach einen Blick hineinwerfen.

Das Licht zog ihn geradezu magisch an und wie vergnügte es ihn zusehen, was sich in diesem Augenblick hinter gut verschlossenen Türen zutrug.

Und hier lebte sie, Elke, seine Elke, und wieder erwischte er sich selber dabei ins helle Licht zu starren und mit seinen trüben Augen Elke zu suchen.

Oft schon war er hier und beobachtete sie, wie sie unbekümmert ihren mächtigen Körper, nicht selten auch leicht bekleidet durch das Zimmer schob. Ihr dicker Busen sah gar nicht unappetitlich aus, im Gegenteil, er spürte eine leichte Erregung in sich aufsteigen.

Da, hinter der Gardine ist das nicht Freddy, was macht denn der Schwerenöter bei Elke? Er zerrte an ihrer Bluse, griff ungestüm an ihre dicken Brüste und schob ihr dabei hemmungslos die Zunge in den Hals. Elke half ihm mit ihrem Oberteil und nestelte dann seine Hose auf, zu ihrer großen Überraschung und Freude war Freddy schon mehr als bereit. Sie stolperten in Richtung Couch, schafften es aber nicht bis hin, sondern fielen in einer leidenschaftlichen Umarmung versunken auf den Teppich.

Bernhard kletterte nun auf eine kleine Mauer um besser sehen zu können.

***

Elke trug inzwischen schon nur noch BH und Slip und auch Freddy war von seiner störenden Kleidung befreit. Sie bearbeitete seinen harten Schwanz mit aller Geschicklichkeit, die sie im Laufe der Jahre bei zahlreichen Liebhabern erworben hatte, sie wusste genau, was Freddy gefiel und sie schaffte es ihn hinzuhalten, seine Lust zu steigern bis er fast um Erlösung flehte.

Er knabberte an ihrem Hals und merkte, wie er langsam völlig die Kontrolle verlor. Hatte er am Anfang noch das Tempo bestimmt, so waren es jetzt Elkes geschickte Finger, die ihn völlig aus der Fassung brachten und ihn vor Lust beben ließen. Er wollte sie, so sehr dass es fast schon schmerzte.

„Gefällt dir das? Ja?", säuselte Elke in sein Ohr und verstärkte ihren Griff, erhöhte leicht das Tempo bis ihm ein Keuchen entwich. „Noch nicht, noch nicht, gedulde dich noch etwas.", hauchte Elke, als er allzu stürmisch in Richtung ihres Schoßes drängte. „Ich will auch noch etwas Spaß haben."

Elke ließ von ihm ab und rutschte tiefer, bis ihr Gesicht auf Höhe seines Schwanzes war. Langsam umschlossen ihre vollen Lippen seinen prallen Ständer, Freddy konnte kaum noch an sich halten, wie schaffte sie das nur? Er war ganz kurz davor, aber sie ließ ihn nicht gewähren. Freddy stöhnte, dann griff er in Elkes Haare und zwang sie aufzusehen, er schüttelte langsam seinen Kopf, dann rollte er sie mit einem Ruck auf den Rücken um sich nun ihrer Lust geschickt mit Zunge und Fingern zu widmen. Er genoss, wie Elke sich unter seinen Liebkosungen wand, wie sie zitterte und stöhnte. Ja so sollte es sein, er war der Mann, er hatte es drauf sie so hoch fliegen zu lassen, wie es noch niemand vor ihm geschafft hatte.

„Jetzt mein Schatzt, jetzt gleich ist es soweit, das hast du doch gewollt oder?" Freddy war schnell wieder über ihr und diesmal ließ Elke ihn tun, was er wollte. Mit einem einzigen harten Stoß drang er in sie ein. Sie waren beide schon zu weit entfernt, um noch lange zu brauchen, bis sie ihre Erlösung fanden. Elke umklammerte seine Schenkel mit ihren Beinen, öffnete sich weit, um ihn ganz zu spüren. Dann zuckte Freddy, sie spürte seine Männlichkeit in ihrem Inneren pulsieren und dann fand auch Elke endlich, was sie schon immer bei Freddy gesucht hatte. Nun wusste sie, wie sie es bekam.

Keuchend und verschwitzt lagen sie auf dem Teppich, ineinander verschlungen, erlöst und irgendwie frei. Elke lächelte, langsam rollte sich Freddy auf den Rücken.

„Oh ja, so sollte es sein, wie ein Wirbelsturm", dachte Elke und ihr Lächeln wurde noch breiter.

Freddy bemerkte es aus den Augenwinkeln und sein Stolz erwachte, er hatte sie so beglückt, er und kein anderer. Sollte seine Exfrau ihn doch für eine Niete im Bett halten, heute Nacht hatte sich eine Frau unter ihm vor Lust gewunden. Und dann noch eine Frau wie Elke, sie genoss schließlich einen gewissen Ruf in ihrem Städtchen, ja sie war erfahren. Obwohl man ihr das gar nicht zutraute, sie wirkte ja immer etwas plump, im Bett war sie ein Vulkan.

Freddy lächelte vor sich hin.

Bernhard stieg von der Mauer, er hatte genug gesehen, nein, dieser Freddy, das hätte er ihm nun nicht zugetraut, und dabei tut er doch immer so, als traute er sich noch nicht mal einer Frau in die Augen zu schauen, geschweige denn ihr unter den Rock zu greifen, tja und dann noch mit Elke, so einer Vollblutfrau, Hut ab, ihm war beim zusehen richtig heiß geworden. Bernhard öffnete seinen Kragen, schüttelte sich kurz und ging die Straße runter. Das musste er erst mal verdauen, am besten ist, er geht erst mal wieder zu Hermann in den „Blauen Tunnel", ein Bier trinken.

***

Als Maria endlich zu Hause angekommen war an diesem Abend, begann sie zu zittern. Alle Anspannung fiel nun von ihr ab, die Angst am Morgen, der Stress auf Arbeit, die erneuerte Begegnung mit Jack und schließlich dieser unerfreuliche Zusammenstoß mit der fremden Frau. „Sie muss mich für völlig übergeschnappt gehalten haben. Ich wollte mir eigentlich ein entspannendes Bad einlassen, aber dazu habe ich keine Lust mehr", sie ließ sich erschöpft auf ihr Sofa fallen und schaltete den Fernseher ein. Nachrichten, wie immer. Sie wollte schon das Programm wechseln, aber dieser Bericht war doch zu spannend: Von der Mattscheibe aus schauten sie die verwesten Überreste eines Tieres an. „Diese Kameratypen filmten aber auch wirklich alles, was war das, ein Hund? Ach ja, der Sprecher sagte es ja gerade." Vor etlichen Jahren war doch so ein kleines Schoßhündchen von einer ziemlich reichen Frau der Oberschicht entführt worden. Langsam kam ihr der Fall wieder ins Gedächtnis. Das Tier war nie gefunden worden. Und sie hatte damals schon gedacht, er wäre weggelaufen, weil er Guccikleider und rosa Handtaschen nicht mehr ertragen hatte.

Der Fall lag wohl doch etwas anders, als sie dachte, der Kommentator sagte irgendetwas von einem gewaltsamen Tod. Komisch, damals gingen ja nie irgendwelche Lösegeldforderungen ein. Das Tier war halt einfach verschwunden eines Tages. Wer so was tat, war doch krank, kleine Hündchen zu ermorden und das in diesem verschlafenen Kaff.

Der Bericht wechselte zu einer Werbung für Zahnpasta und ihr fielen langsam die Augen zu, hatte sie im Bus noch über alle Dinge des Tages nachgegrübelt, die seltsam gewesen waren, so wollte sie jetzt nur noch eins: schlafen…

Kapitel 5

Zwei Tage später auf der Polizeiwache stand Torsten am Fenster und brabbelte vor sich hin „Den einen Vorteil hatte das trübe Wetter, das konnte mich wenigstens nicht blenden!"

Entnervt zog Torsten die schmuddeligen Vorhänge zu und setzte sich an seinen Schreibtisch, seine langen, dünnen Beine schwungvoll auf diesen gelegt und las die Örtliche.

Fast schon grazil tänzelte Elke durch die kleine Vorhalle des Polizeireviers, in ihrer Hand einen dampfenden, verführerisch duftenden Kaffee, als sie Torsten laut fluchen hörte: „Gestern noch als Helden verehrt und auf der zweiten Seite sogar mit Bild für seine hervorragende Aufklärungsarbeit gelobt, ist man heute schon wieder der unfähige Dorftrottel, der kaum eins und eins zusammen zählen kann, nur weil sich der verwöhnte Knirps, diese vorlaute Pfeife verlaufen hat oder sonster wegen nicht nach Hause traut". „Von wem sprichst du?", fragte Elke, die sich inzwischen zu ihm gesellt hatte und ebenfalls auf seinem Schreibtisch platz nahm. „Na von diesem Max natürlich, hör mal zu, hier steht: nicht mehr mit anzusehen ist das unbeschreibliche Leid von Frau Neumann, die sich fast die Augen ausweint, weil ihr lieber Sohn Max seit mehr als vierundzwanzig Stunden nicht nach Hause gekommen ist und die hiesige Polizei schaut tatenlos zu; ist wie immer unfähig - nicht die geringste Spur von den armen Jungen ..." „Ich kann's nicht fassen und das trauen die sich noch abzudrucken", rollte Elke mit den Augen. Von wegen Helden, als hätte sie auch nur die geringste Idee, wer den armen Köter so zu gerichtet hatte. Auf einmal huschte Torsten ein Lächeln übers Gesicht. "Komm auf geht's Fred-

dy, wir müssen da was übersehen haben." Und
schon stürzten sie zum Auto.
Elke blieb wie immer zurück. Einer muss hier ja die
Stellung halten, wenn dem Torsten ein Geistesblitz
kommt, sollte man lieber den Kopf einziehen, damit's einen nicht auch noch erschlägt. Voller Genug-
tuung über ihren eigenen Humor grinste Elke blöd
drein und watschelte an ihren Schreibtisch zurück.
Leid tat ihrs schon, dass mit dem Buben. Sie kannte
die Neumann, sie waren beide gemeinsam zur
Schule gegangen, doch sie hatte diese nie verlassen und war jetzt Lehrerin an der örtlichen Grundschule. Fast schon gestraft mit diesem unerziehba-
ren Fratz, der nur Flausen im Kopf hatte. Bestimmt
hat der sich irgendwo versteckt, um seiner lieben
Mama einen Schreck einzujagen und sich damit vor
seinem nicht minder missratenen Cousin Ricardo
brüsten zu können.

***

Im Haus „Instenburg" stand an diesen Morgen
Gruppenstunde auf der Tagesordnung, und solche
Sitzungen haben es in sich, letztendlich sollen sie ja
dem Patienten helfen, sich selber besser zu erkennen, oder wie der große Freud uns lehrt, über das
Finden der Ursachen, dem Nach- oder auch Neuer-
leben von sogenannten Schlüsselszenen im früheren Leben, mit sich selber besser ins Reine zu
kommen.
Andere Psychologen sind da anderer Meinung,
schließlich kippt man dabei mitunter das Kind mit
dem Bade aus, aber was soll`s, noch hat der alte

Freud doch noch großen Einfluss auf die heutigen Therapiemethoden.

Marcus, ein fescher Mann, Anfang 30, betrat als erster den Raum, wie immer wählte er sehr sorgfältig seinen Sitzplatz, weder durch den Spiegel noch im Zoom der Kamera sollte man sein Gesicht sehen. Marcus war ein mittelgroßer junger Mann von kräftiger Statur, immer höflich und nett in seinem Auftreten. Was ihn wirklich belastet, wusste keiner so richtig. Wenn man seine gelegentlich bösen, kalt aufblitzenden Augen sehen konnte und einem durch seine Blicke ein eiskalter Schauer über den Nacken herunterlief, konnte man erahnen, das da einiges im Argen liegt. Seine Freunde nannten ihn auch Marc Aurel und das erfüllte ihn ein wenig mit Stolz, denn mit dem früheren römischen Kaiser und Philosophen lies er sich gerne vergleichen.

Als nächster kam Peter, der große, liebe, warmherzige Teddibär, aber halt so 'ne richtige Weichpelle. Er setzte sich Marcus gegenüber, wahrscheinlich hatte er auch Berührungsängste.

Dann kam Steffi, die kleine niedliche Seximaus. Mit ihr betrat Marina, eine blonde Schönheit, wenn auch mit Brille, den Raum. Auch die beiden setzten sich Marcus gegenüber, kein Wunder, denn Marina war scharf auf Marcus und sie wollte seine ganze Aufmerksamkeit, auch als sie sich elegant auf ihren Stuhl platzierte und betont damenhaft, trotz ihres kurzen Rockes, ihre Beine übereinanderschlug.

Der Raum füllte sich so langsam und zu guter letzt pünktlich Neun Uhr erschien auch Frau Doktor Olga Federowski, die super Psychologin aus Bulgarien, der ihr guter Ruf auch über die Grenzen dieser ehrenwerten Klinik hinaus, ihr vorauseilte.

Olga ist trotz ihres reifen Alters eine attraktive Frau, das war ihr auch bewusst und geschickt verstand sie ihre Reize auch einzusetzen. Ihr weiser Kittel spannte sich über ihre steifen Brüste, so dass die Männer nicht dran vorbeischauen konnten und auch manche Frau registrierte dies neidisch. Andre' starte ihr förmlich in den Ausschnitt und war ganz in Gedanken versunken.

Und da passierte es, Frau Federowski sprach ihn an und fragte mit ihrer sanften Stimme, ob er uns nicht etwas erzählen möchte. Andre' war augenscheinlich total verunsichert, obwohl es bei ihm nicht schwer war, ihn aus dem Gleichgewicht zu bringen. Andre' war eher klein und zart, erschien weichlich und fühlte sich nicht genug beachtet. Vor Frauen hatte er Angst und nun das. Mit hochrotem Kopf und zitternden Stimme berichtete er von seiner letzten Nacht, dass er schlecht geschlafen hätte und nach einem Alptraum schweißgebadet aufwachte. Im Traum hätte ihn Charlotte verfolgt, förmlich gejagt und in die Enge getrieben, anschließend ihm das Hemd vom Leib gerissen und dann ist er aufgewacht, das Bettlagen zwischen seinen Beinen war feucht, wie peinlich, aber er musste es erzählen, denn schließlich hatte ihn Peter im Waschraum dabei erwischt, wie er es auswaschen wollte.

Charlotte registrierte das Geschwafel nur mit einem kurzen strengen Blick und senkte dann sofort wieder ihre Augenlider. Auch sie hatte sich einen Platz gesucht auf dem weder die Leute hinter dem Spiegel, noch die Kamera ihr ins Gesicht schauen konnte, wie immer wirkte sie wie abwesend. Alle im Raum wussten, das Charlotte Andre' noch nicht einmal mit dem Hintern anschaut, tja Traum und Wirklichkeit, wie weit seit ihr manchmal auseinander.

Dann meldete sich Steffi zu Wort, sprach über ihre unglückliche Kindheit, meist spielte sie nur die zweite Geige, egal wie sie sich bemühte, nur selten bekam sie ein Lob, im Gegenteil, für jeden Sch... den ihr kleiner Bruder, der verwöhnte Knopf, anstellte, wurde sie bestraft, sie hätte besser aufpassen müssen. Für die Ordnung im Kinderzimmer war allein sie zuständig, dazu kam der Abwasch und die Hausordnung, mit ihren Freundinnen spielen durfte sie nur, wenn vorher alles erledigt war und bestraft wurde sie für jede Kleinigkeit. Selbst als sie von einem nahen Verwanden missbraucht wurde, gab man ihr indirekt die Schuld und wollte auch nicht, dass die Geschehnisse an die Öffentlichkeit getragen wurden. Als sie das in der Runde erzählte, herrschte im Raum ein betretenes Schweigen.

So verging die Zeit, die Uhr tickte unaufhörlich weiter, Tick, Tack, Tick, Tack...

Charlotte ruhte in sich.

„Nichts mehr sehen, nichts mehr hören...nichts mehr wissen.

Beflügelt wird mein Geist, entführt in andere Welten. Wie ein Zombie starre ich an die Wand, lausche der Musik in mir, doch nehme sie kaum war...beinahe nur noch ein Summen, ein Flackern.

Und ich bin nicht mehr. Ganze Filme entstehen nun, sie fesseln mich, halten mich gefangen.

Verloren ist sie die Realität, verloren bin ich.
Die Geschichten, Figuren, Gefühle stehen und fallen mit mir, ebenso wie ich mit ihnen. Untrennbar verbunden; leiden sie, so leide ich, werde krank, nur noch Kälte und ein Gefühl des Zerfallens durchzieht meinen Körper...alle großen und kleinen Regungen; ich erlebe sie - ich erdenke sie nicht nur.
Ein rhythmisches Wippen, im Takt der Melodie...Stunden vergehen, Tagen ziehen vorüber, Jahre verschwinden. Und nichts bleibt zurück als die Bilder in meinem Kopf, unzugänglich für jeden, unvergessen für mich.
Denn sie verlassen mich nie mehr, auch wenn sie Jahrzehnte zurückliegen - eingemeißelt wie in Granit. Und eher werde ich verrückt und nicht mehr fähig in die so genannte Realität zurückzukehren, als diese Welt zu vergessen, loslassen zu können...selbst wenn ich es wollte."

„Charlotte? Charlotte!" Was?" „Magst du auch einen Beitrag leisten?"

„Beitrag...wo bin ich eigentlich?"

„Verstörte Augenpaare, zuckende Gestalten, auf ihren Lippen und an ihren Nägeln kauend und dieses eine, leere, starr auf mich gerichtete Augenpaar – Gruppentherapie."
Ein viel zu kleiner Raum, durchflutet vom hellen Licht der Morgensonne, nur mit alten, gräulichen Polsterstühlen ausgestattet. In den Ecken ein paar Pflanzen; ihnen fallen die grünen Blätter aus. Ausgemergelt wirken sie, wie lange sie wohl die ständig

auf sie niederprasselnde Flut von Irrsinn schon ertragen müssen...Selbstmitleid, Lethargie, Unzufrie-
denheit...
„Charlotte?!"
„Das leere Augenpaar spricht zu mir."
„Passe.", gefolgt von einem Raunen in der Runde
„beendet den Zirkus."

***

Maria und Charlotte nutzten die freien Minuten nach
der Gruppentherapie für einen Spaziergang im Garten. Als sie wieder im Foyer ankamen, sahen sie
zwei Sanitäter mit einer Trage. „Oh mein Gott! Was
ist denn nur passiert?", entsetzt blickte Maria auf die
Krankentrage – sie kannte den Jungen, der sie aus
halboffenen Augen anblickte. Gestern noch hatte
sie mit ihm gearbeitet, sein Fall war einer der wenigen Lichtblicke ihrer ersten Tage gewesen, denn
Paul Wichern sollte in den nächsten Tagen entlassen werden.
Seine Eltern hatten ihn vor etwa einem Jahr wegen
eines Suizidversuchs einweisen lassen. Eine
schlechte Note im Mathetest oder so was, schoss
es Maria durch den Kopf, schon gestern hatte sie
sich gefragt, unter was für einem Erfolgsdruck jemand stehen musste, um sich wegen so einer Lap-
palie das Leben nehmen zu wollen.
„Er hat sich heute Vormittag die Treppe runterge-
stürzt, armer Tropf, so was kommt leider nicht selten vor: sie stehen kurz vor der Entlassung und
kriegen Angst es draußen nicht zu packen...", erklärte Dr. Hinterseer, welcher gerade dabei war den

Sanitätern Anweisungen zur besonderen Schutz-
verwahrung Pauls zu geben, denn das Risiko, er
könnte es erneut versuchen, war einfach zu hoch.
Man brachte ihn ins Kreiskrankenhaus.
„Schade, hab heut früh noch mit ihm geplaudert.
War ein netter Junge." „Ist!", fuhr Maria herum und
blickte Charlotte scharf an, ein nicht überhörbares
Räuspern von Doktor Hinterseer rief sie zur Ruhe
zurück und so setzten die beiden Frauen ihren Spaziergang fort.
In Gedanken versunken blickte Hinterseer dem etwas seltsam anmutenden Duo nach, „wie hatte diese Maria Walder nur diesen Job wählen können, sie
war offensichtlich viel zu sensibel und in seinen Augen war sie einfach nicht geeignet. Wie sollte sie es
je schaffen hinter die zum Teil sehr sorgfältig auf-
gebauten Fassaden seiner Patienten zu blicken?"
Für so eine Arbeit musste man eben geboren sein,
und wenn er sich die Akte seines neuesten Falls so
ansah, schien diese junge Dame neben Maria dazu
weitaus fähiger.
Das Abfahren des Krankenwagens brachte ihn zurück zu Paul Wichern; ja, leider war es nicht selten,
dass so etwas geschah, doch bei Paul hätte er es
wahrlich nicht erwartet. Trotz des über alle Maßen
erdrückenden Ehrgeizes, den dieser nicht gerade
hoch gewachsene, blonde Junge ohne Frage seinen erfolgshungrigen Eltern zu verdanken hatte,
hatte Doktor Hinterseer ihn doch auf einem guten
Weg gesehen.
Er war noch sehr jung, gerade erst 17 geworden
und schien im Laufe der Behandlung begriffen zu
haben, dass das Leben ihn noch so viele schöne,

spaßbringende, erstrebenswerte Seiten bietet wird und nun das!

Irgendetwas musste ihn urplötzlich völlig aus der Bahn geworfen haben.

Kapitel 6

Bernhard hatte es wieder in den Park gezogen. Er liebte die Ruhe, die scheinbar heile Welt. Auf einer Parkbank sitzend beobachtete er zwei Elstern, die wie im Synchronschwimmen gemeinsam von Ast zu Ast sprangen und dann wieder auf den Boden einen Wurm ergatternd, zupfte jeder an einer Seite und dann kam es natürlich zum Streit; die schimpften wie ein altes Ehepaar, einfach herrlich.
Er schreckte auf: „Aber was war das, eine blökende Herde, wie dahin trollende Schafe, nein, das war eine dieser Schulklassen aus der hiesigen Grundschule. Können die nicht lesen, am Eingangstor hängt die Parkordnung und da steht eindeutig …Hunde und Kinder sind an der Leine zu führen oder so ähnlich und auf Ruhe ist zu achten. Ich frage mich, warum da zwei Lehrerinnen mitlaufen, Aufsichtspersonal nennt man so was, aber von Aufsichtspflichterfüllung keine Spur, die sind doch nur mit sich selbst beschäftigt und quasseln und labern. Die eine ist doch die Neumann, von der der Rotzbengel weggelaufen ist, irgendwie kein Wunder, wenn die zu Hause auch so ist, na dann prost

Mahlzeit, ich glaube den halben Tag verbringt die vorm Spiegel, so aufgetakelt wie die rumläuft. Naja, wenn ich mir die so recht ansehe, von der Bettkante würde ich die auch nicht stoßen, vorausgesetzt, sie hält wenigstens dabei mal die Klappe. Jetzt müsste ich mich eigentlich hinter den Baum stellen und sie mir greifen, die zappelt dabei bestimmt ganz aufgeregt und quiekt wie ein Schweinchen, naja lass es, zu viel Kinder dabei. Mir ist hier sowieso zu laut, ich werde mal durchs Unterholz 'nen Abgang machen." Und so ging er immer tiefer in den Park. Als er in der Nähe der Villa war, hörte er plötzlich Stimmen, vorsichtig schlich er weiter, kaum die Zweige berührend schlängelte sich Bernhard durchs Dickicht und da im Garten dieser Klinik sah er die beiden Mädchen, „ja, das sind doch die von neulich". Er näherte sich gebückt, den Schutz der Baumstämme ausnutzend bis auf wenige Meter, direkt am Zaun. Nun konnte er sie fast riechen, ihre Wärme spüren und dieser weiße Hals, ihm wurde ganz anders in der Hose.

***

Maria lief mit Charlotte durch die weitläufige Parkanlage, die im warmen Licht des Tages einladend wirkte und nicht im Geringsten furchteinflößend, wie an ihrem ersten Tag als der unheimliche Nebel jeden Lebenshauch erstickt hatte.
Sie genoss diesen Spaziergang, führte er sie doch raus aus diesem großen sterilen Haus und weg von den Patienten. Zum wiederholten Male fragte Maria sich warum sie ausgerechnet diese Stelle für ihr

Praktikum gewählt hatte. Aber die Antwort konnte sie sich selber geben: „Ich wollte es, wie immer meinem Vater zeigen. Psychiatrie interessierte mich nicht die Bohne, aber um ihm zu zeigen, dass seine Tochter auch das schaffen konnte, hatte ich mich um diese Stelle beworben. Jetzt musste ich da auch durch, ich schwor mir nur, so was nie wieder zu tun. Diese Arbeit hier zeigte mir immer wieder, wie wichtig es war seinen eigenen Weg zu gehen, sonst würde ich auch irgendwann in so einer Anstalt landen."

„Das hat bestimmt wehgetan" sagte Marie in Gedanken versunken.

„Was?" fragte Charlotte. Maria hatte ihre Begleitung völlig vergessen. Doktor Hinterseer in seiner unendlichen Weisheit hatte Maria aufgetragen, sie solle sich mit einer Patientin besonders auseinandersetzen, um auch ihre Abschlussarbeit über sie schreiben zu können. Also ging Maria jetzt mit dieser Charlotte spazieren, begleitete sie zu Therapien und musste ihr wahrscheinlich auch noch Gute-Nacht- Geschichten vorlesen, wenn der Chef es wünschte. Jetzt schaute sie Charlotte an und wartete auf eine Erklärung, schließlich musste sie sich mit ihr ja auch unterhalten.

„Na ich meine den Sturz von diesem Jungen. Das tut sicher weh, so eine Treppe ist ja auch lang bis man unten aufschlägt."

Maria schaute ihr ins Gesicht und stellte fest, dass ihre Augen völlig teilnahmslos wirkten, sie hätte ihr auch etwas übers Wetter erzählen können.

„Ähh, ja. vor allem weil er sich ja doch verletzt hat, ziemlich sogar glaube ich." Maria kam sich vor wie der letzte Depp, Charlotte gab ihr ein unbeschreibliches Gefühl von Unsicherheit. Maria wusste gar nicht, wie sie mit ihr umgehen sollte und hoffte zum hundertsten Mal, dass der Ausflug bald vorbei war.

***

Ja, heute war wirklich einer der angenehmeren Spätsommertage, ein leicht kühler Wind lies bereits herabgefallene Blätter anmutig über die Wege tanzen und es versetzte Karsten Breuer, den Redakteur der Örtlichen, in regelrechte Verzückung das Farbspiel zu betrachten, welches die Sonnenstrahlen durch die, vom Morgentau, noch leicht feuchten Baumwipfel warf. Ach, wenn er solch ein Naturschauspiel bewundern durfte, durchfluteten die schönsten Reime seinen Geist und er wurde sich wieder einmal bewusst, dass er zu so viel Höherem geboren war, als für die Örtliche von Münzelsbach zu schreiben. Er war sich sicher, eines Tages würde sein großer Durchbruch kommen und er könnte die Chance ergreifen, dieses verschlafene Nest endlich hinter sich zu lassen.

Sein Spiegelbild, welches mehr einer Bulldogge als einem Poeten glich, in einer Pfütze betrachtend, holte ihn aus seinen Tagträumen zurück. Er hatte einen Auftrag: im alten Steinbruch nach Hinweisen suchen, Hinweisen, die dem unfähigen Polizeiduo sicherlich entgangen waren. Von seiner alten Schulflamme Elke hatte er bereits ein paar Details über den grausamen Zustand des verstümmelt gefundenen Hundes erfahren. Viel wollte sie sich nicht entlocken lassen, aber genug um es zu einer schönen Story aufbauschen zu können.

Eine andere Story bot dieser Paul Wichern, der nun, schon auf dem Weg der Genesung geglaubt, plötzlich und unerwartet im Kreiskrankenhaus verstorben ist. Herzversagen hieß die Diagnose, bei einem so jungen Menschen eher ungewöhnlich. Aber es waren da noch zu viele Fragen offen, um jetzt schon eine Story draus zu basteln, auch fehlte das öffentliche Interesse, anders war das bei dem Hund.

Auf dem Weg zum Steinbruch musste er durch die Innenstadt, am alten Schloß vorbei. Doch wer stand denn da am Eingangstor?

***

Langsam bekam Torsten richtig Schwung, der Verriss durch die Örtliche hatte ihn wütend gemacht, aber auch beflügelt. Was glaubte dieser miese Schreiberling eigentlich mit wem er sich da anlegte?! Schließlich war er nicht irgendein Dorfpolizist, er leitete den Laden und das schon seit fast drei Jahren. Was hätte er auch anderes tun sollen, nachdem man Bernhard so hinterrücks abgesägt hatte und dass alles nur, weil es ein Wahljahr war und der gute Herr Bürgermeister Angst bekam Stimmen zu verlieren, sollte er ihn nach der Sache mit seiner Frau weiter Dienst tun lassen, armer Tropf.

Noch so einen Artikel würde er sich nicht bieten lassen, sie würden diesen Knaben auftreiben und er hatte auch schon eine ganz gute Ahnung wo.

Und dann wären sie die Helden!

Ja, er wäre ein Held, hatte er doch die Ermittlungen zum Auffinden des Jungen geleitet...und der Bürgermeister wird mir sogar die Hand schütteln.

Doch da bekamen sie einen Anruf von Elke, sie sollen noch nicht zum Steinbruch, sondern vorher zum alten Schloß fahren, warum hatte sie nicht dazugesagt, aber es sei wichtig.

„Oh, das darf doch nicht...", entwich es Torstens verkniffenen Lippen, als er, am alten Schloss angekommen, Karsten Breuer mit dem Neumann Buben erblickte.

„Na, wie hab ich das gemacht?!", ein verschmitztes Grinsen aufsetzend, baute sich Karsten vor seinem alten Kumpels auf, „hab eindeutig meinen Beruf verfehlt!" „Ja, allerdings.", würgte Torsten hervor.

Freddy hatte sich derweil des kreidebleichen Jungens angenommen, welcher ihm, fast nur noch flüsternd, erklärte, er habe sich im Kellergewölbe vom alten Schloß versteckt gehalten, denn ein Monster hätte ihn verfolgt.

„Es hätte ganz wässrige, starre Augen und eine bläuliche, zerfetzte Haut und stinke jämmerlich..."; faselte der Kleine. Den Jungen zwar nicht wirklich ernst nehmend, doch neugierig, betrat Freddy das alte Gewölbe. Max hatte gemeint, er müsse nicht allzu tief hineinlaufen, der Gestank würde ihn leiten. Und tatsächlich, nach ein paar Kurven und Ecken erschlug es ihn fast, angewidert folgte er dem Geruch weiter ins Dunkel des Kellergewölbes.

Mit einem Mal sausten, vom Strahl seiner Taschenlampe aufgescheuchte, Fledermäuse auf ihn herab, was ihn ins straucheln brachte. Als er endlich sein

Gleichgewicht zurückgefunden hatte, warf es Freddy erneut um, diesmal allerdings vom Anblick eines verwässerten, starren Augenpaares.

Das war eine Nummer zu groß für sie, mussten sie, wenn auch ungern, sich eingestehen. Torsten griff, nachdem er das Kellergewölbe verlassen hatte, zum Handy und wählte die Nummer von Hauptkommissar Schröder beim LKA.
Es dauerte eine halbe Stunde und da waren sie da, Schröder hatte auch gleich die Spurensicherung und einen Pathologen mitgebracht, den Torsten hatte erwähnt, dass der Verweßungsprozeß schon fortgeschritten ist.
Zurück im Polizei- Revier entschied Schröder sich sofort, nachdem die Identität der Toten geklärt war, an die Presse zu wenden und um Mithilfe bei der Bevölkerung zu bitten, denn leider war ja auch dieser Karsten Breuer von der Örtlichen am Fundort der Toten. In Abstimmung mit den eingegangenen Vermissten- Meldungen handelte es sich mit hoher Wahrscheinlichkeit um eine gewisse Monika Pitsch, welche an der nahegelegenen Universität Medizin studierte.

***

Es hatte ein neuer Arbeitstag begonnen. Wie immer um die Tageszeit herrschte eine Totenstille in der Psychiatrie, dass es einem schon fast unwohl wurde.
Doktor Hinterseer liebte diese Zeit, wenn er nichts vernahm außer dem Klang seiner Schuhe; so konn-

te er seinen Tagesplan noch einmal in Ruhe durch-
gehen, ohne von den ständig gleichen, aufdringli-
chen Fragen und Anliegen seiner Mitarbeiter gestört
zu werden.

Gemächlich durchschritt er die Flure „seiner" Klinik,
tief in Gedanken versunken, als ein gellender Schrei
seine geliebte Stille zerschnitt.

Er war laut, voller Verzweiflung und Wut, dass es
Hinterseer die Nackenhaare kräuselte, er hatte gar
nicht bemerkt, das er losgerannt war, dem nun
mehr lauten Schluchzen folgend, seine Nerven gespannt und aufs Schlimmste gefasst.

Wie erstaunt war er, als er eine in sich zusammen-
gefallene und am gesamten Leib zitternde Maria
vorfand. Eine Hand tröstend nach ihr ausgestreckt,
fiel sein Blick auf die Örtliche neben ihr und dem
darin abgebildeten Foto einer scheinbar jungen,
verstorbenen Frau und dem Aufruf sich umgehend
bei der Polizei zu melden, falls man Informationen
über diese habe.

Kapitel 7

Auch im Rathaus hatte der Arbeitstag begonnen.
Der Bürgermeister Herr Doktor Ungehör, der dort
residierte, war ein alter Beamter, der jahrelang in
den Schreibstuben des Landkreisamtes verbrachte,
bevor er vor sieben Jahren zum Bürgermeister von
Münzelsbach gewählt wurde. Ihm wird Vetternwirt-
schaft und Korruption unterstellt, aber das sind na-

türlich nur böse verleumderische Gerüchte, wehe dem, der Böses dabei denkt.

Er ist kurzbeinig, untersetzt und hat lichtes Haar, wirkt mit seiner Nickelbrille wie ein kleiner König in seinem hochlehnigen Amtssessel, der fast schon einem Thron ähnelt.

Er stand auf und ging zum Fenster. Hier hatte er eine gute Aussicht auf den Marktplatz. Gegenüber dem Rathaus befindet sich das neugegründete Teehaus „Jasmin".

Der Platz selber ist, wegen dem historischen Antlitz, gepflastert

In fast kreisförmigen Ringen sind vorrangig kleine Häuserzeilen um den Markt angeordnet, die protzigen Stadtvillen, für die gehobene Klasse stehen mehr am Stadtrand vor den sich dahinter erhebenden Wäldern.

Eine Sehenswürdigkeit ist noch, oder besser soll es wieder werden, das alte Schloß am Nord- Ost- Ufer der Elbe, ein Fluss, der doch gelegentlich über seine Ufer tritt und die Menschen, doch mehr im Umland, etwas in Atem hält.

Die Ursprünge des Schloßes reichen bis in das 12./13. Jahrhundert zurück. Das Gebiet um Münzelsbach gehörte in dieser Zeit zur Grafschaft Hoyers von Falkenstein. Einst diente es als Witwensitz der Fürstin. Nach dem 1. Weltkrieg nutzte man das Schloß als Gefängnis, steht seit den 60ern aber leer. Ja, es hatte schon bessere Tage erlebt. Von weitem machte es noch was her, so ganz in Gelb mit weiß umrandeten Fenstern und einer dunklen Dacheindeckung. Kam man aber näher ran, zeigte sich wie unübersehbar die Farbe samt Putz bröckelte.

Seit Neuesten sind im Ort fast überall Videokameras angebracht, begründet mit der öffentlichen Sicherheit. Und fast alle Bewohner fühlten sich bisher sicher und wohl behütet in ihrem kleinen Städtchen.

Für Recht und Ordnung sorgte neben dem örtlichen Ordnungsamt die schon erwähnte kleine Polizeiwache mit Torsten als Chef, Freddy und Bürokraft Elke.

Selten gab es Anlass zum öffentlichen Ärgernis und jetzt, erst das arme, schon skelettierte Hündchen und dann noch ein Leichenfund im Kellergewölbe des alten Schloßes. Wo sollte das hinführen, wir sind doch nicht im Moloch einer Großstadt, wo Sittenverfall, Mord und Totschlag auf der Tagesordnung stehen.

Nur gut dass auch Karsten Breuer von der Örtlichen so gut aufpasst und über alles Erwähnenswerte berichtet, die Öffentlichkeit hat ja schließlich auch ein Recht darauf. So lange das auch den Stadtoberen nutzt, schien das auch in Ordnung. Schließlich war die Örtliche staatsnah und in Münzelsbach war er der Staat oder besser das Oberhaupt.

**

Ein pensionierter Professor, Doktor Reinhard, der jetzt ehrenamtlich für den NaBu arbeitete, sagte in einem Interview, was er kürzlich der Örtlichen gab, dass es immer wieder vorkommt, dass Hunde in ihrem Jagdtrieb Dachsen in ihre Höhle folgten, dort aber vom Dachs in die Enge getrieben, keine Chance gegen ihn hätten und letztendlich als Dachsfutter fungierten. So war es mit hoher Wahrscheinlichkeit auch den kürzlich gefundenen kleinen Hund ergangen, denn die Obduktion des Tieres, auf die die Öffentlichkeit drängte, ergab, dass es vermutlich Dachsbisspuren sind, die am Skelett des Schoßhündchens nachgewiesen worden. Also schien der Fall mit dem Hund geklärt zu sein, das erklärt auch, dass keine Lösegeldforderungen eingegangen waren, das Schoßhündchen war also tatsächlich entlaufen und später einem hungrigen Dachs, dem sich der Hund förmlich aufdrängte, zum Opfer gefallen.

***

Aber da war ja noch das Haus „Instenburg" in mitten des großen Stadtparks. Die Klinik, gepresst in eine Villa, Baujahr 1931 und noch im originalen gelben Backsteinkleid mit roten Klinkerumrandungen an Fenstern und Eingangspforte, so hatte man mit nicht wenig Stolz berichtet, glich von außen immer noch viel eher dem Hotel, dass es ursprünglich gewesen war. Sie fügte sich mit den dazu gehörigen Parkanlagen, die eingezäunt hinterm Haus lagen und lediglich den „Gästen", wie die dortigen Patienten liebevoll der Öffentlichkeit gegenüber bezeichnet wurden, zur Verfügung gestellt waren, problemlos in das Bild des Stadtparks ein und gab durch die Privatstraße, die entlang des Parkrandes den Zugang zum Gelände per Bring-Dienst, welchen auch Maria von Zeit zu Zeit in Anspruch nahm, ermöglichte dem Haus „Instenburg" so ein fast schon hochherrschaftliches Ambiente. Hinter der Villa ist ein sorgsam gepflegter, parkähnlicher Patientengarten mit einem von Schilf umrandetem Ententeich, Parkwegen gut bestuhlt mit Parkbänken, Maulbeerbäumen am Wegesrand, einer Schachfläche, einem Volleyballplatz, einen kleinen Kräutergarten und einer Raucherinsel mit Pavillon.

Der Alltag in der Klinik begann für die Patienten mit Frühsport. Für Andre' war das gar nichts und am liebsten würde er sich drücken, aber dazu fehlte ihm der Mut. Marcus war da anders, der ging lieber eine rauchen, bog also in der ersten Runde schon ab Richtung Raucherinsel, wo Marina schon sehnsüchtig wartete.

Nach dem Frühstück stand wieder mal ein Gruppengespräch auf der Tagesplanung.

Die Sitzverteilung im überwachten Gruppenraum erfolgte wie immer, Marcus und Charlotte wählten die Plätze, die weder von der Kamera noch vom Spiegel einsehbar waren, das hatten sie neulich selber überprüft, als sie Reinigungsdienst hatten und der Überwachungsraum offenstand.

Die Gesprächsrunde startete wie schon mehrfach zuvor. Steffi und Peter erzählten von ihren Ängsten, doch dieses Mal lief es anders, Marcus lies die Bombe platzen, als er völlig unerwartet von einer Bekannten berichtete, die auch unter Ängsten litt. Diese trieben sie letztendlich in den Selbstmord. Oh, war jetzt das Geschrei groß, das Gespräch lief völlig aus dem Ruder und Frau Dr. Federowski war auf Marcus stink sauer, den therapeutischen Wert konnte sie abhaken und das, wo sie in den vergangenen Stunden schon richtig gute Fortschritte verzeichnen konnte. Jeder sollte an die Quelle seiner psychischen Fehlbildung gelangen, um sie dann nach der Freud'schen Methode behandeln zu können, aber nun stand sie in vieler Hinsicht wieder am Anfang.

Maria und Jack hatten die Gesprächsrunde vom Überwachungsraum aus verfolgt und konnten auch nur mit dem Kopf schütteln. Dabei wollte Maria ja eigentlich nur bei Jack sein und nun diese unnötige Diskussion über den Sinn des Lebens und der freien Entscheidung es selber beenden zu dürfen, nein, das passte gar nicht ins Therapie- Konzept, schließlich gab es auch Gefährder in dieser Gruppe. Nun waren sicherlich einige Einzelgespräche gefragt.

Nach der misslungenen Hospitation der Gruppenstunde gingen Jack und Maria in die Entzugsabteilung, um sich dort mit den Methoden des Schnellentzugs, wo auch Akkupunktur zu zählte, etwas vertrauter zu machen.

Die Suchties sind so eine Sparte für sich. Der Großteil ist locker drauf und immer für einen Spaß zu haben, aber auch Experten sind bei, die schon mehrfach hier zu Gast waren. Rekordhalter war Frank, der war schon zum zwölften Mal hier. Er ist, wie er selbst von sich sagt, ein so genannter Komasäufer, erst wenn bei ihm die Lichter ausgehen, hört er auf nach seinem besten Freund, den Schilkin zu greifen, er säuft sich jedes Mal regelrecht ins Koma. Nach seinem diesmaligen Klinikaufenthalt muss er für ein halbes Jahr in den Knast, das ist, wie er sagt, seine Chance vom Alkohol loszukommen, denn er will einen Langzeit- Entzug folgen lassen.

Aber zurück zu den Therapien, eine ist z.B. die Arbeitstherapie. Hier geht es u.a. um Gartenarbeit, aber auch Bastelarbeiten, wie Korbflechten, oder an Plastiken rumwerkeln, Malen oder kleine Reparaturarbeiten, die Palette ist vielseitig.

Andere Therapien sind die Musik- Therapie, wo sowohl Musik gehört wird, als auch musiziert oder gesungen werden kann, aber auch die Tanz- Therapie, welche sich großer Beliebtheit erfreut, denn hier hat man endlich mal gewollten Kontakt zum anderen Geschlecht. Natürlich achten die Pfleger drauf, dass alles schön sittsam von statten geht. Einige bevorzugen die Sportstunde, um sich mal so richtig auszutoben, denn neben Volleyball, spielt man auch Tischtennis und da am liebsten chinesisch, denn da können alle mitmachen. Unbeliebt, zumindest bei den meisten, sind die Reinigungsdienste, denn auch aus Gründen der Ersparnis wird auf professionelle Reinigungskräfte größtenteils verzichtet und aus sogenannten therapeutischen Gründen das Putzen mit auf den Tagesplan genommen. Aber auch zu Küchenhilfsdiensten werden Patienten mit herangezogen, wobei sich das auf Abwasch und Tischdienste beschränkt.

Aber es gibt auch eine Kochtherapie für ausgewählte Patienten. Dabei wird zuerst gemeinsam geplant, was man kochen will. Dann gingen alle zusammen Einkaufen um anschließend gemeinsam zu kochen und natürlich auch dann zu essen. Hierbei sollte an der Selbständigkeit und der Eigenverantwortung des Einzelnen therapiert werden.

Pünktlich 18.00 Uhr gab es jeden Tag Abendbrot. Denn auch Regeln und dessen Einhaltung spielten beim Genesungsprozess eine wichtige Rolle. Aber nach dem Abendbrot zieht Ruhe und Freizeit ein.

Manch einer spielt Karten, versucht sich im Tischtennis, die ganz unermüdlichen schaffen sich auf dem Hometrainer, andere handwerkeln, sticke oder stricken und andere sitzen auch vor der Klotze, denn bis gegen 22 Uhr ist Freizeit angesagt und dann, wenn alle brav ihre Pillen geschluckt haben, geht es ins Bett. Und da ist Ruhe angesagt, denn die Nachtschwester will ja auch ihre Ruhe haben.

So vergehen die Tage im Haus „Instenburg" und manch einer merkt gar nicht, wie schnell die Zeit vergeht.

***

Es ist spät am Abend, alle schlafen in Münzelsbach, nur im Whisky- Club brennt noch Licht.

Eine schwarze Katze schleicht über die Straße, hüpft ins matt erleuchtete Fenster vom Club und verfolgt von ihrem Logenplatz interessiert das Geschehen im Rauminneren. In den Gemächern stehen dunkel gebeizten schwere Tische umringt mit hochlehnigen bequemen Sesseln, in denen sich zumeist ältere Herren Zigarre rauchend und Whisky schlürfend lümmeln. Die meisten sind in hochwichtigen Gesprächen vertieft, wobei auch hier der Bürgermeister Herr Doktor Ungehör den Ton angibt. Auch steht das Gerücht im Raum, dass hier im Club mehr Entscheidungen „zum Wohle der Stadt" gefällt werden, als in den Amtsstuben. Das ist aber sicherlich nur ein Gerücht.

Hinten in der Ecke trifft sich regelmäßig die Skat-
runde und in einem kleinen Nebenraum, wo Ruhe
herrscht, wird Schach gespielt. Und über allen
schwelgt ein leichter Whisky- Geruch gemischt mit
Zigarrenrauch. So vergehen die Stunden und erst
bei Sonnenaufgang verlassen die letzten Gäste die
Lokalität.

Kapitel 8

Nach drei Tagen Ruhe, die Max verordnet wurden,
tauchte er umjubelt wieder in der Schule auf. Nun
war er der Held des Tages, denn wer von den anderen hatte denn schon eine Leiche gesehen, geschweige denn, wie er gefunden. Eine große Trau-
be von Neugierigen versammelte sich in jeder Pause um ihn und er musste die Geschichte immer
wieder neu erzählen und jedes Mal wurde sie noch
spannender und düstrer, dass er die Hosen im Gewölbe unter dem Schloß gestrichen voll hatte, verschwieg er. Jetzt war er mal Mittelpunkt und nicht
wie sonst immer Ricardo.
Ricardo hatte sich in eine Ecke verzogen und grübelte angestrengt nach, wie er wieder das Interesse
der Gefolgschaft für sich gewinnen könnte. Er hatte
die Idee am nächsten Tag die Schultafel mit Öl ein-
zureiben, so dass Frau Neumann in der ersten
Stunde vergeblich sich bemühte etwas an die Tafel
zu schreiben. Mal schauen, oder halt was anderes.

Irgendeine Gemeinheit wird ihm schon noch einfallen.

***

Noch immer aufgewühlt durch den Zeitungsartikel über die Tote Monika Pietsch ging heute nach Dienstschluss Maria auf die Polizeiwache um eine Aussage zu machen.

Torsten persönlich führte mit ihr das Gespräch, wobei Elke fleißig mitstenographierte. Torsten gefiel Maria und er ertappte sich selber dabei, dass er immer wieder ihr auf den großen Busen starrte, wie peinlich, aber er konnte sich kaum noch auf das gesprochene Wort konzentrieren. Nach der Befragung lies er sich von Elke nochmal das Protokoll reichen, um nachzuvollziehen, was diese Maria Walder da eigentlich gestanden hatte.

Sie kannten sich also vom Studium, so weit so gut, aber was das Interessante war, ist das diese Monika sich vor ihr für eine Praktikantenstelle im Hause „Instenburg" beworben hatte und auch angenommen war. Nur weil sie diese, aus jetzt bekanntem Grund, nicht angetreten hatte, entschied man sich für Frau Walder.

„Wenn das kein Tatmotiv bei den heute so ehrgeizigen Studenten ist, weiß ich auch nicht. Beweisen kann man ihr die Tat nicht, noch nicht", ging es Torsten durch den Kopf. Eine Lösung musste so schnell wie nur möglich her. Angestrengt legte er seine Stirn in Falten. Da kam ihm eine zündende Idee, er musste mit Bernhard reden, am besten heute noch, denn, wenn er ihn davon überzeugen

könnte, so zu sagen als verdeckter Ermittler sich in
die Klinik einweisen zulassen um die Walder zu beschatten, hätten sie eine Chance das Mädchen zu
überführen, denn so nervös wie die war, macht sie
garantiert Fehler.

***

Gesagt getan, noch am gleichen Abend traf er sich
mit Bernhard im „Blauen Tunnel". Und nach dem
fünften Bier und je `nem Kurzen hatte er ihn so weit.
Bernhard würde sich als Selbststeller in die Sucht-
klinik einweisen lassen, um nach dem Entzug besser mit seinem Alkohol- Problem fertig zu werden.
Er hatte ja eigentlich, wie er behauptete, gar kein
Problem mit Alkohol, da eher ohne.
Das war geklärt, beide zischten noch ein paar Bier,
denn Freddy war zu ihnen gestoßen und berichtete
strahlend von seiner Nacht mit Elke. So war man
mal wieder beim Thema und jeder gab noch ein
paar Erlebnisse über angebliche tolle Eroberungen
zum Besten. Die Zeit verging und schon war es
nach Mitternacht. Hermann, der Wirt fing schon an,
an den Nebentischen die Stühle hochzustellen und
so entschieden sich die Jungs auch Schluss zu machen, denn Morgen wartete wieder der Dienst und
keiner weiß vorher, was da passiert.

***

Es war mal wieder Freitag, ein herrlicher Morgen
und der Tag hätte so schön werden können, wenn
da nicht völlig unangemeldet drei Frauen im Präsi-

dium aufgetaucht wären. Sie kämen als Abordnung vom kürzlich im Teehaus gegründeten Frauenbund und brachten eine öffentliche Beschwerde wegen ruhestörenden Lärms zu nachts schlafender Zeit durch einige Gäste der hiesigen Kneipe „Blauer Tunnel" zur Anzeige.

Ja am vorgestrigen Mittwoch, oder besser schon Donnerstag, denn es war schon weit nach Mitternacht, hätten drei stark alkoholisierte Gestalten, vermutlich Männer, lauthals grölend sich von der Kneipe in Richtung Innenstadt bewegt, schwankend wurde auch einer von ihnen urinierend auf einer öffentlichen Straße beobachtet, nein, es war kein schöner Anblick, gaben sie zu Protokoll. Und man möchte diese fragwürdigen Gestalten doch gefälligst ausfindig machen und zur Rechenschaft ziehen, schließlich lebe man ja in einer ruhigen saubereren Stadt und in keinem Moloch.

Als die drei Frauen wieder raus waren, schaute Torsten Freddy nur betreten an, man hatte sie also auf dem Nachhauseweg beobachtet, nein, die Sauferei mit Bernhard musste ein Ende haben, aber sie waren sich ja einig, Bernhard geht auf Entzug.

Doch über eins waren die beiden sich im Klaren, die Sache mit der Anzeige werden sie im Sande verlaufen lassen, denn schließlich haben sie Wichtigeres zu tun.

***

In der gleichen Klasse wie Ricardo und Max lernte auch Tim. Heute verursachte er tiefe Falten auf der Stirn von Frau Neumann, denn er verweigerte regelrecht die Teilnahme am Unterricht. Die Lehrerin verzweifelte schon fast an der Situation. Sie kriegte den Jungen einfach nicht aus seiner Schmollecke, selbst bei den einfachsten Aufgaben blockierte er und dabei hatten sie die Bruchrechnung schon so lange geübt.

Seine Eltern haben mit ihm große Ziele. Er soll auf das Gymnasium gehen, anschließend Jura studieren und dann in die väterliche Kanzlei als Juniorpartner einsteigen.

Der Vater ist sehr streng zu seinem Sohn, schließlich soll er mal in seine Fußstapfen treten, aber mit den derzeitigen schulischen Leistungen sieht er schwarz.

Jetzt schicken sie Tim schon fast ein Jahr zur Schülerhilfe, aber eine signifikante Verbesserung der Schulnoten hatte das bisher auch nicht gebracht. Sicherlich ist da Tim eine Ausnahme, denn das Unternehmen wirbt ja ständig in den Medien mit Notenverbesserung und das seit vielen Jahren.

Dass der Junge mit den ehrgeizigen Zielen seiner Eltern einfach überfordert ist, wollen sie sich nicht eingestehen.

Die Frau Neumann war auch am Ende, wie kann sie Tim nur helfen, er tat ihr leid, wie kann sie ihn überzeugen, am Unterrichtsgeschehen wieder teilzunehmen, oder am besten, wieder Spaß am Lernen zu finden.

Beim nächsten Elterngespräch musste sie unbedingt auf die offensichtliche Überforderung eingehen, denn so kann es mit Tim nicht weitergehen. Vielleicht sollte sie gar nicht bis zum nächsten Elternabend warten, sondern kurzfristig ein Elternbesuch einplanen.

***

Das neu gegründete Teehaus war eine echte Bereicherung für Münzelsbach, es lag nicht nur in zentraler Lage, nein, es war ein Restaurant der Oberklasse. Mit viel Liebe fürs Detail war es gestaltet, auf den weiß gedeckten runden Tischen stehen immer frische Blumen, ausgewählte Gemälde, oder besser gesagt, gerahmte Drucke davon schmücken die Wände und erstmal das tägliche Angebot, neben den nahezu vierzig verschiedenen Teesorten wurde auch Gebäck und zum Nachmittag auch lecker Kuchen und Torte zum Kaffee, Cappuccino, Espresso oder auch Latte Machados gereicht. Die Wirtin und auch die immer freundliche Bedienung in ihren Spitzenschürzchen sorgten stets aufmerksam und sind bemüht allen zumeist Kundinnen in ihren Wünschen gerecht zu werden.

So war es auch nur eine Frage der Zeit, dass sich der hiesige Frauenbund hier niederlies, denn die Frauen dürsteten nach einem Sprachrohr in dieser männerdominierten Welt.

Im Rathaus saßen auf den Entscheider- Posten vorrangig Männer, das war ein unhaltbarer Zustand, das schreit förmlich nach Machtwechsel. Und man war sich einig, zur nächsten Bürgermeisterwahl muss eine Frau gewinnen und warum nicht eine von ihnen, eine vom Frauenbund.

Einen Anfang hatten sie ja schon mit der Anzeige wegen öffentlicher Ruhestörung gegen die Kneipe

„Blauer Tunnel" bzw. gegen dessen Gäste gemacht, nun ging es darum den Korruptionsverdacht beim Bürgermeister mit Beweisen zu untermauern. Ansätze dafür haben sie, denn einige Baugenehmigungen, die er selbstherrlich in der Stadtversammlung durchgedrückt hat, oder an der Stadtversammlung vorbei selber freigiebig vergeben hatte, wirkten zumindest fragwürdig und das war sicherlich nur die Spitze vom Eisberg, da lohnte es sich auf jeden Fall tiefer zu graben. Man kann ja nicht wissen, vielleicht kommt der Rücktritt von Ungehör und damit eine notwendige Neuwahl früher als erwartet. Das schreit förmlich nach Handlungsbedarf.

Was ihnen auch noch wichtig war, eine Lösung im Gerangel um die Ortsumgehung zu Gunsten der Umgehungsstraße zu finden, denn die Belastung durch die zwei Bundesstraßen und den damit verbundenen immer stärker werdenden LKW- Verkehr war eine Zumutung, sowohl für die Anwohner als auch für die Bausubstanz, die unter den ständigen Erschütterungen stark litt. Hier musste dringend Abhilfe her, denn das Gerangel zog sich schon über Jahre, einmal waren es die Naturschützer, ein anderes Mal betroffene Anwohner, die sich durch den Neubau der Umgehungsstraße in ihrer Ruhe gestört fühlten. Aber es kann nicht sein, dass immer das Interesse weniger über das des Großteils der Einwohner der Stadt gesetzt wird, auch hier war für die zukünftige Bürgermeisterin zwingender Handlungsbedarf.

Kapitel 9

Wochenende und am Sonntag gingen Torsten und Freddy mit Bernhard in die nahegelegene Kreisstadt. Dort war auf dem Marktplatz Volksfeststimmung angesagt. Nachmittags sang ein Kinderchor und Schüler zeigten Tänze. Die unter den zahlreichen Gästen anwesenden Eltern der Sprösslinge waren natürlich sehr stolz auf ihre Kleinen. Anschließend spielte ein Blasorchester volkstümliche Weisen. Aber am Abend war Rockmusik angesagt und was das Beste daran war, es handelte sich um die Idole ihrer Jugend.
Als erstes rockte die Gruppe Lift mit Hits, wie „nach Süden" und „am Abend mancher Tage" die Bühne.
Werther Lohse hatte die Band über die Wende gerettet und sie klangen wie in alten Zeiten. Jung und Alt waren begeistert.
Unter der jubelnden Menge sah Bernhard sie, seine Angebetete. In ihren knallengen Jeans sah sie zum Anbeißen aus und dann hatte sie offensichtlich noch einen guten Musikgeschmack. Aber leider war sie nicht allein. Ein großgewachsener junger Mann stand neben ihr und man spürte deutlich, wie sie ihn anhimmelte, schade, so konnte er nur auf seinen Klinikaufenthalt hoffen. Auch wusste Bernhard nicht, dass Maria nur wegen Jack zu dem Konzert gegangen war, denn für die Musik hielt sie sich für noch zu jung, auch wollte sie sich von der Todesnachricht, Monika Pitsch betreffend, ablenken und das Leben von seiner schönen Seite genießen.

Nach Lift betraten die Mannen der Kultband Renft die Bühne und auch wenn Klaus Renft, Pjerter und Cäsar schon viel zu früh verstorben waren, heizten die schon etwas in die Jahre gekommenen älteren Herren um Monster Schoppe, der jetzt wieder Frontmann der Band war, dermaßen ein, so dass die jubelnden Fans fast in einen Freudenrausch taumelten. Der Hammer war die neue Interpretation von „Zwischen Liebe und Zorn". Bei ihrem größten Hit „Wer die Rose ehrt" sendete Monster einen Gruß an Cäsar gen Himmel und „Sonne, wie ein Clown" durfte auch nicht fehlen.

Anschließend gingen die drei Freunde noch ins Bierzelt, das Erlebnis musste gefeiert werden und es floss reichlich Alkohol. Der Tag wird ihnen noch lange in Erinnerung bleiben.

Kapitel 10

Heute war es so weit, Bernhard ging ins Haus „Instenburg" und lies sich zum Zwecke einer Entziehungskur einweisen. Das ging schneller, als er dachte. Mit einem Restalkoholspiegel von 1,8 Promille meldete er sich beim Arzt vom Dienst und gestand ihm sein Alkoholproblem. Das dauerte nur wenige Minuten und er durfte sich der Eingangsuntersuchung unterziehen, wo natürlich eine Blutprobe mit dazu gehörte. Eine Stunde später war er in der Entzugsabteilung und ihm wurde sein Platz in einem Zwei- Bettzimmer zugewiesen. Seine Tasche mit den notwendigen Sachen für das Krankenhaus hatte er schon vorsorglich am Morgen gepackt und mitgebracht.

Es lief also alles nach Plan.

Von der Oberschwester wurde er mit der Hausordnung vertraut gemacht, auch bekam er seinen Therapieplan und wurde der ihn betreuenden Vertrauensschwester vorgestellt. Das war schon alles für den ersten Tag, er sollte erstmal auch gedanklich ankommen.

Sein Zimmermitbewohner hieß Jürgen. Er sei schon zum dritten Mal hier, erzählte er, wusste also, wie es hier so abläuft, wann und wo er rauchen darf, denn als Neuer hatte er in der ersten Woche am Tag nur fünf feste Rauchzeiten, die hieß es zu nutzen, damit die Lunge nicht zu sehr piepte. Auch informierte er Bernhard über die Eigenheiten einiger Pfleger und Schwestern, so dass er es mit der Eingewöhnung nicht so schwer hat.

Beim Mittagstisch lernte Bernhard den Rest der Gruppe kennen, zumindest vom Angesicht her.

Was für ihn aber viel wichtiger erschien, da sah er ihn wieder diesen schwanenhaften weißen Hals, lange hatte er danach gesucht und jetzt bei der Entziehung läuft ihm das Mädchen wieder über den Weg und noch besser, er sollte dieses Mädchen, wie ja mit Torsten abgestimmt, beschatten.

***

Ein normaler Schultag nahm in der hiesigen Grundschule mal wieder seinen Anfang. Frau Neumann trat ganz aufgeregt vor die Klasse und begann den Unterricht mit einer aktenkundigen Belehrung der

Schüler. Anlass war mal wieder Max, ihr missrate-
ner Sohn. In der Schule war er nur ein Schüler, wie
jeder andere auch, da war sie konsequent. Durch
seine Aktion im alten Schloß hatte er mal wieder
deutlich die Grenzen des Erlaubten überschritten,
nicht nur, dass er das „Betreten verboten" Schild
missachtet hatte, war er auch in ein einsturzgefähr-
detes Gebäude eingedrungen, was da alles hätte
passieren können, nein, so kann das nicht weitergehen, schließlich gefährdete er damit auch die öffentliche Ordnung. Dass er die Leiche enddeckte,
war ein glücklicher Zufall und erfordert professionelle Ermittlungsarbeit, aber was er sonst noch durch
sein Verschwinden ausgelöst hatte und was hätte
noch passieren können, war kaum zu übersehen
und auf keinen Fall zu dulden.
Alle Schüler hörten gespannt zu, es herrschte im
Raum eine gedrückte Stimmung, nein, oft würde
das auch eine gestandene Lehrerin, wie Frau
Neumann, nicht verkraften. Am Ende der Belehrung
musste der Klassensprecher in Vertretung aller im
Klassenbuch den Eintrag gegenzeichnen.
Den Rest der Stunde beschäftigten sich die Schüler
mit einer Gedichtinterpretation.
.

***

Es war gerade Mittagspause und Freddy schlum-
merte so friedlich an seinem Schreibtisch, es geht
doch nichts über einen gesunden Büroschlaf, da
schrillte das Telefon und kurz darauf kam Elke ganz
aufgeregt in die Amtsstube. Vor dem „Blauen Tunnel" findet eine unangemeldete Demonstration statt

und wer war es, natürlich die aufgeschreckten Weiber vom Frauenbund. Torsten und Freddy sollten doch schnellstens hinkommen, bevor es noch zu tätlichen Übergriffen kommt, bei so einem aufgescheuchten Hühnerhaufen kann man nie wissen, wohin das führt.

Murrend knöpfte Freddy wieder seine Hose zu, nahm seine Waffe und ging hinaus zum Dienstwagen, in dem Torsten vor sich hin fluchend schon wartete.

***

Kaum fuhr Torsten um die Ecke in die „Mittelstraße" da sahen sie schon den aufgebrachten Hühnerhaufen mit Trillerpfeifen lärmend und Pappschilder schwingend vor der Kneipe ein Gebärde aufzuführen, was an einen indianischen Kriegstanz erinnerte, ja, wenn sie mal los gelassen werden die feinen Damen vom Frauenbund, da stehen ja einem die Haare zu berge. Torsten griff nach dem Megaphon und brüllte „Ruhe, was soll das ganze Getue, wir sind hier doch nicht auf einen Jahrmarkt". Die Sprecherin des Frauenbundes Frau Brunhilde Pfeifer näherte sich in einem wallenden roten Kleid ihrer rubenshaften Körper umhüllend mit dem Temperament einer Dampfwalze dem Dienstwagen und erklärte wortgewandt, dass sie nur gegen den wiederholten ruhe störenden Lärm, der von dieser Kneipe und seinen sogenannten Gästen fast jede Nacht ausgeht, sonst macht ja keiner was gegen, also nur Selbstschutz, oder besser reine Notwehr, denn selbst ihre kürzlich gemachte Anzeige auf dem Polizei- Revier hatte ja bisher keine sichtlichen Konsequenzen.

Torsten verteidigte sich sofort, sie hätten zur Zeit Wichtigeres um die Ohren, erst die Geschichte mit dem toten Hündchen und jetzt noch der Leichenfund im Schloß, er wüsste nicht, wo ihm der Kopf steht. Auch verlangte er Verständnis für die hart arbeitenden Bürger, die sich dann zum wohlverdienten Feierabend mal ein oder zwei Bier gönnen. Aber das beeindruckte Brunhilde Pfeifer gar nicht und wenn sie erst mal die neue Bürgermeisterin ist, würde hier in diesem Ort ein ganz anderer Wind wehen.

So stritten sie noch weitere zehn Minuten, gingen fast wie Kampfhähne auf einander los, aber kamen zu keinem beide Seiten befriedigenden Ergebnis. Zum Glück kam gerade ein Funkspruch über einen Verkehrsunfall auf der naheliegenden Autobahn, so dass Torsten und Freddy in ihr Auto stiegen und sichtlich erleichtern davonbrausten. Zurück blieb die aufgebrachte Horde vom Frauenbund, die weiterhin trillernd und mit den Plakaten schwingend lautstark ihren Protest vor dem „Blauen Tunnel" zum Ärger des Wirtes und der schon eingekehrten Stammgäste fortsetzte.

**

In der großen Hofpause wurden plötzlich Stimmen laut, oh, da gab es eine Rauferei zwischen Ricardo und Tim. Freunde werden die beiden so schnell nicht werden, aber musste es denn bei jeder Meinungsverschiedenheit gleich in Gewalt enden.

Der aufsichtsführende Lehrer, Herr Semmelweiß, ging auch gleich dazwischen, um die Kampfhähne zu trennen. Ricardo blutete aus der Nase. Er hatte wohl die Karate- Künste von Tim unterschätzt. Naja, die Schuldfrage muss vor dem Schuldirektor geklärt werden.
Eine gerechte Bestrafung des Schuldigen war zwingend erforderlich. Es ging ja auch um die Erziehung in der Schule zur Gewaltfreiheit, vor allem den Mitschülern und dem Lehrpersonal gegenüber.

***

Wie schön wäre es jetzt im Garten, so in der Sonne sitzen und seine Seele baumeln lassen, ja, das fehlt Frau Neumann, denn jetzt ist leider schon Spätsommer, die Gartensaison nähert sich mit großen Schritten dem Ende und es standen vorrangig noch die Obsternte, wie die Weinlese und das Pflücken des Spätapfels auf dem Programm. Für die Winterfestmachung und zuvor den Baumschnitt blieb noch Zeit genug.
Der Garten bleibt doch ihr ein und alles, viel Zeit verwendete sie dort für ihre Rosen, das war jedes Mal eine richtige Erbauung. Und auch die Obsternte hat was für sich, lecker Marmelade hatte sie in dieser Saison wieder gemacht, nein, den Garten möchte sie nicht missen, er ist der erste Schritt zum Selbstversorger.
Bei der Gartenarbeit konnte sie so herrlich abschalten, auch hatte sie damit mit ihrem Mann eine gemeinsame Basis, nein, er war kein Kneipengänger. Es war nicht immer einfach mit ihm, aber bei der

Gartenarbeit sind sie sich einig, für beide spielt er eine wichtige Rolle in ihrem gemeinsamen Leben.

Eins ist schade, in dieser mitteleuropäischen Breite ist leider nicht das ganze Jahr über Gartensaison.

***

Immer wieder Ärger mit Marcus, seit neuesten klettert er an der Fassade vom zweiten in den dritten Stock, denn dort sind die Frauen zur Nacht untergebracht und er holt sich auf diesen Weg seinen „Gute Nacht Kuss" von Marina und gelegentlich von Steffi der Sexy- Maus, ja, wenn es beim Kuss bleiben würde, es geht das Gerücht um, er würde auch längere Zeit dort verbleiben und wer weiß schon, was unter der Bettdecke noch so passiert. Erwischt vom Personal wurde er noch nicht und so blieb es für sie bei dem Gerücht.

Auch hatte er seine Liebe zur Malerei neu entdeckt und so malte er auch außerhalb der Maltherapie, natürlich in Öl, meist stimmungsvolle Landschaften. Das kam natürlich bei den anderen gut an und manch einer hatte schon ein Bild von ihm erworben. Geld spielte dabei allerdings eine untergeordnete Rolle, hier in der Klinik zählten andere Zahlungsmittel. Steffi ist bei der Malerei sein größter Fan, sie sagte auch mal, dass sie nicht verstehe, warum er bei dem Talent sich noch als Ingenieur in der Kosmetik- Bude den Kopf zermartert und ja letztendlich wegen der Probleme im Job, die seine Psyche angegriffen haben, hier gelandet ist. Das Lob ging ihm runter wie Öl, aber solch positiven Erlebnisse sind natürlich auch für den Heilungsprozess unersetzbar.

Frau Dr. Federowski sieht auch in der Malerei eine Möglichkeit Marcus besser zu erreichen, denn mit den Gruppengesprächen hatte sie bei ihm bisher keinen nennenswerten Therapieerfolg, da blieb er in sich gekehrt und machte regelrecht zu. Tja, so hatte jeder sein Päckchen zu tragen und auch wenn es in der Klinik in dieser Abteilung auch vorrangig um Gruppentherapie ging, verlangte doch jeder Patient seine eigene individuelle Betreuung. Allerdings war dafür meist viel zu wenig Zeit.

***

Karsten Breuer saß in der Redaktion, ein geschmacklos eingerichtetes Büro mit viel zu wenig Tageslicht, deswegen könnten sie hier auch keine Grünpflanzen halten. Liesbeth, die Sekretärin und Mädchen für alles, hatte es mehrfach vergeblich versucht, aber ohne nennenswerten Erfolg, so hatte sie sich eine Orchidee von Kunstblume Sebnitz geleistet, damit wenigstens etwas Buntes auf ihrem Schreibtisch sie ein wenig vom Alltagstrott ablenkte. Karsten ging die Sache mit der Toten aus dem Kellergewölbe vom Schloß nicht aus dem Kopf, nur der kleine Artikel mit dem Bild der jungen Frau hatten sie bisher, als Aufforderung zur möglichen Zeugenaussage durch die Bevölkerung, veröffentlicht, aber nichts passierte, oder verschwieg die Polizei da mal wieder etwas, es wäre nicht das erste Mal. Das Warten war kaum zu ertragen, irgendetwas musste geschehen. Er zermarterte sein Gehirn, aber ihm wollte nichts Gescheites einfallen, wo konnte er ansetzen, wen könnte er ausquetschen, nichts, nicht die Bohne passiert. Bernhard hatte er auch nicht erreichen können, immer nur der Anrufbeantworter, er hätte vielleicht eine Idee, als er sein Gehirn noch nicht restlos weggesoffen hatte, war er ein genialer Stratege, aber was soll`s, da musste er sich halt was einfallen lassen, nur was? Auch Elke, die Sahneschnitte vom Polizeirevier hielt sich gedeckt, die wusste auf jeden Fall was, sonst hätte sie am Telefon nicht so verunsichert rumgedruckst. Ob er sie mal einladen sollte, so schön unverbindlich auf ein Glas Sekt in der „Goldenen Kugel", das könnte klappen, das ist ja schließlich auch das Nobelrestaurant im Städtchen. Er wird sie nachher nochmal anklingeln und sich mit ihr nach Feierabend verabreden, bis dahin macht er noch den lästigen Bürokram und die Spesenabrechnung, nicht dass ihn Liesbeth noch länger damit nervt.

Kapitel 11

Bernhard ist heute nach dem Frühstück mal zum gemeinsamen Singen gegangen und war überrascht, dass da ein altes Mütterchen in Nonnenuniform mit einer Gitarre in der Hand, den Ton angibt. Nach irgend so einem Kirchenlied, bei dem er nur verunsichert mitsummte, sangen sie „Alt wie ein Baum" von den Puhdys, das war schon eher nach seinem Geschmack und er sang aus voller Kehle. Das ist auch der Pinguinmutter aufgefallen und hat ihn, lobend für seinen Bariton, gleich zum Gottesdienst am nächsten Tag eingeladen. Das passte Bernhard als alten Atheist ja nun gar nicht, aber die freundliche Einladung vor dieser versammelten Runde auszuschlagen, traute er sich doch nicht. Was soll`s, irgendwie neugierig war er ja nun doch, auch mal die Klinik- Kapelle kennenzulernen.

Nach dem Singsang ging`s zur Akkupunktur. Das Rumgepikse am Ohr tat zwar nicht sonderlich weh, war für ihn aber ungewohnt. Was man nicht alles ertragen muss, nur um in Zukunft nicht nur mit Bier seinen Durst zu stillen. Danach stand PMR auf dem Programm, eine Muskelrelexsansübung. Die war angenehm. Maria Walder war auch anwesend, sie assistierte und durfte den CD- Player bedienen. Auch in ihrem Kittel machte sie eine gute Figur und er musste aufpassen, dass er sie nicht zu auffällig taxierte. Die Stimme von der Frau Doktor war so herrlich beruhigend, so war es nicht verwunderlich, dass der Großteil der anwesenden Patienten dabei einschlief, aber das war ja auch irgendwie beabsichtigt, mal loslassen, auf sein Inneres zu hören und so verging die Stunde wie im Flug. Herrlich, frisch und ausgeruht fühlte man sich im Anschluss auch noch, was wollte man mehr. Er hoffe, dass PMR täglich auf dem Programm steht.

Danach ging es für Bernhard zur Arbeitstherapie. Bernhard hatte sich für Korb- Flechten entschieden, denn das wollte er schon immer mal machen. Zuerst sägte er die Grundplatte. Er wählte eine ovale Form. Und dann ging`s los mit dem Flechten der Weide, die vorher schön eingeweicht wurde, damit sie sich gut verarbeiten lies.

Aber die Arbeit war komplizierter als er sich vorgestellt hatte. Im war überhaupt nicht langweilig und
so verging auch die Stunde ziemlich schnell.
Endlich Mittagspause, mal sehen, was die Küche
heute auftischt.

***

Früher Nachmittag, Torsten und Freddy hatten ihren
Blitzer auf der B107 in der 70er Zone am Waldschlösschen aufgebaut. Sie langweilten sich, alle
fuhren heut vorschriftsmäßig, da stimmt doch was
nicht, so was gab es noch nie. Doch da, der mit
dem Manta, der fuhr doch mindestens 80 und tatsächlich, der Laser zeigte 82 km/h. Also Kelle hoch
und rauswinken. Aber dann war es ausgerechnet
Paul, der Versicherungsfuzi, sein ehemaliger Schul-
freund. Freddy griff schon zum Block und will die
Verwarnung aussprechen, da stoppte ihn Torsten,
lass ihn doch erst mal sagen, warum er es so eilig
hat. Natürlich ein wichtiger Kundentermin und er
war schon spät dran. Torsten winkte ab und beließ
es bei einer Ermahnung mit dem Nachsatz: das
kostet `ne Runde im „Blauen Tunnel". Paul bedank-
te sich und fuhr weiter. Freddy beschwerte sich,
man hätte ihn wenigstens gleich ein paar Euro in
bar abnehmen können, aber Torsten konterte nur,
er sei der Vorgesetzte und seine Kumpel rippe er
nicht ab. Zum Glück kamen in der Folge noch einige
Raser, bei denen sie nicht so gnädig waren und der
Tag war gerettet, denn am Morgen hatte sie Kommissar Schröder noch als Streifenhörnchen betitelt
und ihnen nachdrücklich nahegelegt, sich aus sei-

nen Ermittlungen rauszuhalten und doch lieber 'nen Blitzer aufzubauen, um wenigstens was für's Staatssäckel zu tun, die Stadtverwaltung könne schließlich das Geld gut gebrauchen. Das hatten sie ja nun mit Erfolg getan und konnten sich jetzt eine Pause gönnen.

Zum Käffchen ging's gleich ins Waldschlösschen, die hatten guten Kaffee und dazu noch ein Stück selbstgebackenen Kuchen.

***

Nach Feierabend haben sich Elke und Karsten in der „Goldenen Kugel" zum Stelldichein getroffen. Elke trug ihre knappe Bluse, so dass ihr dicker Busen fast herausplatzte und dazu einen Wickelrock, dessen Schlitz beim hin und her rutschen sich leicht öffnete, so dass Karsten erahnen konnte, was ihm heute erwartet, wenn er schön artig ist. Er trank ein Bier und sie schlürfte an ihrer Sektschale. Erst mal eine Runde Klima, das war der Plan, so übers Wetter und die Urlaubsabsichten, bis sie endlich zum Thema Arbeit kamen. Karsten hörte Elke geduldig zu, als sie von ihren nicht enden wollenden Stunden im Büro mit den nervigen Kollegen berichtete. Vorsichtig tastete er sich zu seinem eigentlichen Anliegen vor und fragte so ganz nebenbei, ob es in Sachen Leichenfund schon neue Erkenntnisse gäbe. Elke druckste erst ein wenig rum, schlürfte noch mal an ihrer Sektschale und begann dann unter dem Siegel der Verschwiegenheit vom aktuellen Bericht aus der Gerichtsmedizin zu berichten. Nach jetzigem Erkenntnisstand war der Fundort nicht der Tatort, auch hatte man fremde DNA unter den Fingernägeln der Toten sichern können, die aber nicht in der Kartei zu finden waren. Ein sexuelles Vergehen konnte nicht zweifelsfrei bestätigt werden. Aber jetzt kommt`s, aus der Befragung einer gewissen Maria Walder lässt sich ein Tatmotiv ableiten, denn die Tote hatte die feste Zusage ein Praktikum im Hause "Instenburg" antreten zu dürfen, was ja nun diese Frau Walder angetreten hat, wenn das für eine ehrgeizige Medizinstudentin kein Grund ist, eine Rivalin aus dem Wege zu räumen, weiß sie auch nicht.

Karsten hatte nun das, was er erhofft hatte zu erfahren und malte sich in seinen Gedanken schon die Schlagzeile auf der nächsten Titelseite der Örtlichen aus „Mord vielleicht aus Kariere- Gründen?" aus, sein Durchbruch als Skandalreporter, jetzt stehen ihm die Türen zu einer überregionalen Zeitung oder sogar einer bundesweit erscheinenden offen. Oh, lieber Gott, lass den Traum wahr werden, er ist zwar nicht gläubig aber in solchen Momenten darf man ja mal Träumen dürfen.

Jetzt wurde es Zeit seine schmalzigste Flirtplatte aufzulegen, denn der Abend war schon fortgeschritten und so wie ihn Elke anmachte, wuchs seine Rute in der Hose, er musste heute noch unbedingt für deren Entspannung sorgen.

***

Zu Fuß, eng umschlungen, zog es die beiden nun zu Elkes Wohnung. Sie mussten nur um ein paar

Ecken und dann die Friederickenstraße hinauf, das waren nur zehn Minuten. Nach einem innigen Abschiedskuss, fragte sie Karsten, ob er nicht noch für einen Kaffee nach oben kommen möchte. Dankend nahm er die vielversprechende Einladung an. Kaum war die Wohnungstür ins Schloss gefallen, fingerte Elke am Gürtel seiner Hose. Mit flinken Fingern befreite sie seine steife Rute aus dem jetzt viel zu engen Slip und begann mit einem Blaskonzert. Karsten konnte kaum noch an sich halten und startete seinen Gegenangriff. Mit einem geübten Handgriff war der Verschluss vom Wickelrock geöffnet und das Tuch fiel zum Boden. Für ihren String Tanga genügte ein kräftiger Ruck und er griff nach der entblößten Scham. So feucht wie sie sich schon anfühlte, schrie sie förmlich nach seinem harten Ständer. Er besorgte es ihr gleich im Stehen. Nach nur wenigen Stößen ergoss er sich in ihr.
War das schon alles, fragte Elke ein wenig enttäuscht, das war ja schneller als bei den Karnickeln. Nein, das sollte noch nicht alles sein. Karsten trug Elke in ihr Bett und sie begannen von neuem. Bei Elkes geschickten Fingern lies sein bestes Stück nicht lange auf sich warten, schwellte schon wieder an und wurde immer härter.
Eine heiße Nacht lag vor den beiden.

***

Auch Marcus war die Nacht unterwegs sich seinen „Gute Nacht Kuss" zu holen. Bei dem einen Kuss blieb es diesmal aber nicht, er wollte mehr, wollte es heute wissen und bedrängte Marina. Sie war nicht

ganz abgeneigt, immer nur die „Gute Nacht- Geschichte" aus ihrem Buch war ihr heute zu wenig, so
ließ sie Marcus mit in ihr Bett, unter ihre Decke und
das fühlte sich gut an.

Kapitel 12

„Skandal im Rathaus von Münzelsbach" schrie es
einen von der Titelseite förmlich ins Gesicht. Nun
hatte die Kleinstadt ihren Skandal, auf den viele
schon lange gewartet hatten, nun war es offiziell,
der Bürgermeister Herr Doktor Ungehör ist der Korruption überführt. Alle haben es schon immer ge-
wusst, viele haben viel zu lange ihre Augen davor
verschlossen, aber jetzt stand es da in der Zeitung
schwarz auf weiß der Bürgermeister hat bei der
Vergabe von Bauaufträgen für die öffentlich Hand
kräftig mit verdient, hat ungerechtfertigter Weise
Provisionen kassiert und nicht nur das, auch hat er
für sich auf seinem Grundstück Arbeiten auf Kosten
der Stadt machen lassen. Ein Vögelchen aus dem
Whisky- Club hatte Karsten Breuer Details ins Ohr
gezwitschert. Das konnte nicht sein, dass dieser
Mann jetzt noch die Geschicke der Stadt leiten darf.
Als Konsequenz aus der Veröffentlichung nahm
Ungehör seinen Hut und erklärte am Nachmittag in
der eilig einberufenen Stadtversammlung seinen
Rücktritt.
Das war der Startschuss für Neuwahlen, die auch
gleich für den Sonntag in zwei Wochen angesetzt
wurden, bis dahin regierte Herr Beyer, der bisherige

Stellvertreter und Schatzmeister. Nun durften sich bis kommenden Donnerstag Bürger für das Amt bewerben, welche dann auch schon Freitag im Lindenhof sich und ihr Programm vor interessierten Anwohnern vorstellen konnten. Der Wahlkampf war damit eröffnet.

***

Einen freudigen Aufschrei gab es natürlich noch am selben Tag im Teehaus beim hiesigen Frauenbund. Dort hatte man schon regelrecht darauf gewartet, dass die Korruptionsvorwürfe gegen Dr. Ungehör öffentlich gemacht werden, die Zeit war Reif für einen Wechsel und sie waren überzeugt davon, dass ihre Brunhilde die neue Bürgermeisterin wird, dann wird endlich aufgeräumt mit diesem miefigen Amtsschimmel im Rathaus. Schnell setzte sich der harte Kern zusammen, denn viel Zeit blieb nicht, sowohl ein Programm, als auch die Wahlplakate zu entwerfen. Zum Glück hatte Brunhilde in weiser Voraussicht schon etwas vorbereitet und das hörte sich auch ganz gut an. Ihr Leitspruch ist; „Gestalten statt verwalten", jetzt wurde fieberhaft an den Leitsätzen ihrer Agenda gefeilt.
Nach mehreren Stunden, schon spät in der Nacht stand das Grundgerüst ihres Masterplans, ein 10 Punkte Katalog:
1. Eine Stadt in der wir würdevoll leben können, gleichberechtigt nebeneinander
2. Bessere, gesündere Einkaufsmöglichkeiten, einen überfälligen Bio- Markt

3. Wesentlich mehr Mitwirkung der Bürger, öffentliche Ratsversammlungen
4. Eine schnelle Verschönerung der Stadt, mehr attraktive, saubere Grünflächen
5. Mehr Fahrradwege und Verschönerung der Fußgängerzone in der Innenstadt
6. Beitrag zum Abbau der Überbürokratisierung
7. Mehr mobile Lebensmittelversorgungen der Nachbardörfer
8. Für unsere Jugendlichen diverse FUN- Locations
9. „Wege frei machen" für mehr Gastronomie und Firmen, mehr Attraktionen für Touristen
10. Den Bau der Umgehungsstraße beschleunigt durch- und umsetzen.

So aufgestellt, könnte man in den Wahlkampf starten und sie sind sich sicher, dass sie damit viele Mitbürger erreichen werden. Ihnen war klar, wenn sie etwas verändern wollen, dann müssen sie jetzt damit anfangen. Nun konnten sie sich beruhigt nach hinten lehnen und am nächsten Morgen mit der Umsetzung beginnen.

***

Der Frauenbund war mit ihrer Brunhilde Pfeifer nicht die einzige Interessengruppe, die einen Kandidaten zur bevorstehenden Wahl aufstellen wollte.

Natürlich tagte man auch im Whisky- Club um einen würdigen Nachfolger für ihren Dr. Ungehör zu finden. Erste Wahl war natürlich der jetzt amtierende Stellvertreter Herr Beyer, der ihr aller Vertrauen besaß. Mit ihm könnte man ja mit der jahrelangen Erfahrung im Amt punkten, denn er ist ein Beamter, so wie er im Buche steht. Er steht für solide Finanzen für die Zukunft, setzt auf Schulterschluss mit der Verwaltung und dem Stadtrat, ja, er sollte ihr Kandidat sein. Sie waren sich sicher, dass ein Großteil der Bevölkerung von Münzelsbach gar keine einschneidenden Veränderungen wollte, bequem fährt es sich auf eingefahrenen Gleisen, nur keine Experimente. Er wird die Wahl gewinnen, da waren sich alle sicher, denn mit seiner Partei im Rücken garantiert er Ordnung und Sicherheit, das wollen sogar die Nichtwähler und das ist voraussichtlich auch die Mehrheit.

In diesem Sinne ging alles seinen gewohnten Gang, sie rauchten ihre Zigarren und tranken Whisky, das war ja auch der Hauptgrund für ihre Anwesenheit im Traditionsclub. Schauen wir mal, wer sich Freitag im Lindenhof auf der Bühne tummelt, dann bleibt immer noch Zeit ein Wahlprogramm als Wurf- Post auf die Briefkästen zu verteilen.

***

Freitag war`s und die große Wahlversammlung im Lindenhof begann. Es mussten noch Stühle herangeschafft werden, mit so einem Andrang hatte keiner gerechnet. Die Münzelsbacher waren doch weniger Wahlmüde, als im Vorfeld vermutet wurde, das sprach für das gewachsene Demokratieverständnis im Ort. Neun Kandidaten hatten im Präsidium platzgenommen, da waren neben Herrn Beyer von der großen Partei, Brunhilde Pfeifer vom Frauenbund noch eine Jungunternehmerin, ein, wie er von sich selber behauptete, unabhängiger Makler, rechts außen saß ein Vertreter der AfD, ganz links ein Jungspunt von den Linken, ein Berufssoldat, ein Bankkaufmann und sogar ein Polizeibeamter. Solch Vielfalt nebeneinander auf einer Bühne hatte Münzelsbach bisher auch noch nicht erlebt.

Jeder der Kandidaten bekam sechs Minuten Redezeit, in denen er sich und sein Programm vorstellen konnte. Gebannt hörte die zu überzeugende Wählerschar, was da von den Einzelnen so dargeboten wurde.

Der Jungspunt von der Linken sprach von einem sozialverträglichen Haushalt, sprach beim Thema Ortsumfahrung auch von einer sich einschließenden Prüfung von Lärmschutzmaßnahmen und von frischen Ideen zur wirtschaftlichen sowie touristischen Attraktivität der Stadt. Er bekam nur spärlichen Applaus, das lag aber weniger am Inhalt seines Programms, sondern mehr an seiner Parteizugehörigkeit.

Den meisten Applaus erhielten Frau Pfeifer und Herr Beyer. Dies waren wohl dann auch die Favoriten für den folgenden Wahlsonntag, allen anderen wurde nach dem heutigen Auftritt nur eine Außenseiterrolle zugesprochen, aber wer weiß schon, was am Sonntag wirklich passieren würde.

Kapitel 13

Es war Samstag, endlich Wochenende, Jack und Maria hatten beide dienstfrei, das Wetter konnte besser für diese Jahreszeit nicht sein, die Sonne schien schon am Morgen, aber was das Beste war, Jack hatte Maria zu einer Fahrradtour eingeladen, um mal die schöne waldreiche Umgebung von Münzelsbach ein wenig kennenzulernen. Maria war auf Wolke 7, das hatte sie sich vom ersten Moment an, als sie Jack im Hause Instenburg wieder sah, gewünscht und heute sollte es wahr werden, Maria hatte Jack für sich ganz privat und das für einen ganzen Tag, vielleicht auch für länger, schauen wir mal.

Mit dem Fahrrad ging es Richtung Hundeluft, einem Dorf, reichlich 10 km entfernt. Sie fuhren vorrangig auf Waldwegen, fern ab von der Landstraße. Mitunter ging`s beschwerlich über Sandwege, aber die waldreiche Umgebung entschädigte das alle Male. Nach einer reichlichen Stunde standen sie vor einer Schutzhütte, Zeit für ein zweites Frühstück. Jack hatte an alles gedacht, neben Kaffee aus dem Thermobehälter, zauberte er frische Brötchen, nicht nur gewöhnliche nein, körnige Roggenbrötchen und Mohnhörnchen, Marias Lieblingsstücke, Butter, weich gekochte Eier, zwei Marmeladensorten, Honig und Käse aus seinem Rucksack, selbst an eine Tischdecke hatte er gedacht, einfach nur perfekt.

Nach einem ausführlichen Zweitfrühstück fuhren sie weiter nach Hundeluft, besuchten dort die Kirche mit ihrem drei teiligen Altarbild und einer kleinen Orgel, auf der gerade der Pfarrer ein paar Melodien spielte, die an Bachs Orgelklänge erinnerten, anschließend blieben sie noch zu einer Bibelstunde, nicht das beide streng gläubig waren, nein, die Atmosphäre hier war einfach nur einladend.

Nach einem zünftigen Mittagsmahl im Dorfkrug besuchten sie die Schauschmiede in Hundeluft, durften mal den Blasebalg bedienen und bekamen in der komplett eingerichteten Schmiede mal einen Einblick in die Arbeit mit den Hämmern. Anschließend gingen sie auf die Suche nach den Resten der hiesigen Burgruine. Hier sollte mal eine Raubritterburg gestanden haben, was auch darin begründet war, dass hier einst die Handelsstraße zwischen Wittenberg und Halle verlief, welche für die Ritter oft willkommene Beutezüge bedeutete.

Zu sehen war von der Burg allerdings nur noch ein eingefallenes Portal und Reste von Mauern, schade, sie hatten sich mehr erhofft und beide beschlossen sie die nächste Möglichkeit zu nutzen, einem Mittelalterfest auf der Burg Rabenstein beizuwohnen.

Lange hielten sie sich hier nicht auf, denn sie hatten geplant Kaffee und Kuchen im Waldschlösschen, nahe Münzelsbach einzunehmen. Geplant, getan, es war schon drollig, wie ihnen dort mit der elektrischen Eisenbahn Kaffee und Kuchen an den Tisch gebracht wurden. Eine schöne Idee und für das Hotelrestaurant, ein Alleinstellungsmerkmal.

Im Anschluss machten sie noch einen kleinen Verdauungsspaziergang zum nahe gelegenen Olympiasee, hier hatten, so berichteten die Chronisten im Vorfeld der Olympiade in den 30ern die deutschen Ruderer trainiert.

Das Abendrot vor Augen brachte Jack Maria noch brav in ihr Quartier und verabschiedete sich gentlemanlike mit einem Handkuss, einfach nur süß.

***

In der ehemaligen Zerbster Vorstadt, welche erst ab 1563 durch den Fürsten Wolfgang zur Bebauung freigegeben wurde, befindet sich ein fast unscheinbares Fachwerkgebäude von 1699 mit großem Hof. Einst ein barocker Adelssitz, wird es heute als „Simonetti- Haus" bezeichnet. Äußerlich unscheinbar, birgt es in seinem Inneren 7 in Sachsen- Anhalt einzigartigen Stuckarbeiten an den Decken. Mit ihren ausgefeilten ikonographischen Bildern sind die Stuckaturen nicht nur in Sachsen- Anhalt einzigartig. Als Bauherr wird der Kammerrat Freiherr Friedrich von Mehder, der für Fürst Carl Wilhelm von Anhalt-Zerbst hier „aus Silber Gold imprägnieren" sollte, erwähnt. Das erinnert an Böttcher, der einst für August den Starken bei Dresden statt Gold, begehrtes „weißes Gold" das Meißner Porzellan erfand und damit Meißen zu Weltruhm verhalf. Der Herr von Mehder hatte den Baumeister und Stuckateur Giovanni Simonetti mit den Stuckarbeiten beauftragt. Ihm zu Ehren spricht man heute vom „Simonetti- Haus" in den auch regelmäßig kulturelle Veranstaltungen, wie die Katzenmusik, oder auch Ausstellungen stattfinden.

An diesem Abend traf man sich zur Lesenacht, wo hier und auch an 9 anderen Stellen in Münzelsbach die alljährliche Lesenacht zur Freude vieler Leselustiger stattfand. Diesmal las die Vereinsvorsitzende vom Simonetti- Verein aus dem von Stephan Ludwig vorliegenden aktuellen   Kriminalroman „Zorn", welcher in Halle an der Saale spielte.

Der Verein hatte sich dem einst vom Abriss bedrohten Haus angenommen, mit dem Erlös aus den Veranstaltungen und zahlreichen Spenden wurde am Haus weiter gebaut und es somit der Öffentlichkeit zugänglich gemacht.

Auf dem Gelände des „Simonetti- Hauses" hat sich auch der Katzen- Verein „Wir helfen Katzen in Not" niedergelassen, welcher sehr aktiv sich um die vielen herumstreunenden Katzen kümmert, sie sterilisieren lässt, oder Katzenkinder vermittelt. Maria überlegte schon, diesem Verein beizutreten, da sie selber auch ein großes Herz für die anschmiegsamen Vierbeiner hat, aber da sie ja nur Gast in dieser Stadt war, begnügte sie sich damit dem Verein eine großzügige Spende zukommen zu lassen.

***

Die nächsten Tage verflogen wie im Flug.

Der Klinikalltag hatte Maria voll im Griff.

Im Dienst versuchte sie ein immer besseres Vertrauensverhältnis zu Charlotte aufzubauen, die Freizeit gehörte Jack, oder zumindest die Gedanken an ihn. Langsam fühlte sie sich wohl in der Klinik und die Arbeit wurde bald zur Routine.

Wenn da nicht Doktor Hinterseer wäre, der sie noch immer nicht aus den Augen ließ.

Auch durfte sie mal an der Montagsrunde teilnehmen, bei der sich alle Patienten je Station einem ausgewählten Ärzteautitorium im Einzelgespräch stellten, bei dem jeder Patient aus seiner Sicht sich zu seinem Genesungsfortschritt äußerte. Äußerst interessant für Maria war dabei, wie unterschiedlich die Einzelnen sich zu artikulieren versuchten. Einfach war es nicht, dabei die richtigen Worte zu finden. Aber machte es auch sehr die unterschiedlichen Charaktere deutlich, krass war auch der Unterschied zwischen der Psycho- und der Suchtie-Gruppe. Während die ersteren zumeist verunsichert versuchten ihren derzeitigen Verfassungszustand zu beschreiben, waren die Suchties doch scheinbar locker drauf. Bei einigen war auch deutlich anzumerken, dass sie die Sache wenig ernst nahmen und hier ihre Zeit mit den damit verbundenen Therapien nur runterspulten, einen Genesungserfolg konnte man getrost abschreiben. Schade eigentlich, denn das kostete der Krankenkasse doch pro Patient einige tausend Euro, die damit verschwendet waren.

Anders verhielt sich das bei Marcus, er versuchte seine Situation und die damit verbundene Gemütsstimmung akribisch zu analysieren. Damit hatte keiner gerechnet, was in den Gruppengesprächen in keiner Weise zu erkennen war, bedingt dadurch, dass er sich da jedes Mal verschließt, sah man hier das genaue Gegenteil, man spürte förmlich, dass er selber nach Antworten suchte, um seinen Gemütszustand wieder auf normal zu schalten. Auch hörte er sehr aufmerksam auf die Empfehlungen der hier versammelten Ärzte.

Auch Frau Doktor Federowski war hin und weg, sie erkannte jetzt, wie sie Marcus vielleicht doch therapieren könnte. Im nächsten Einzelgespräch will sie ihre neue Herangehensweise Marcus erklären, denn nur, wenn er aktiv mitarbeitet, ist ein Heilungsfortschritt zu erzielen.

Kapitel 14

Wahlsonntag, die Bürgermeisterwahl stand auf der Tagesordnung und schick angezogen gingen die Bürger von Münzelsbach zur Wahlurne, ein Großteil wenigstens.

Ins Haus Instenburg kam ein Wahlhelfer mit einer fliegenden Wahlurne, denn man wollte den dort zwischenzeitlich eingezogenen Münzelsbachern auch die Möglichkeit zur Bürgermeisterwahl einräumen. Auch Bernhard ging, wenn auch widerwillig, zur Wahlurne, aber wen sollte er wählen, die ganze Wahlwerbung war ja eigentlich unbemerkt an ihm vorbeigerutscht, also wählte er den Polizeibeamten, den kannte er noch von früher. Ansonsten verging dieser Sonntag, wie ein jeder Sonntag in der Klinik, langweilig. Es fanden keine Therapiesitzungen statt, Highlight waren die drei Malzeiten.

Während sich Bernhard am Abend beim Tatort langweilte, wurden in den Wahlbüros fleißig die Stimmen ausgezählt und weit nach 22 Uhr stand fest, dass keiner der Kandidaten für sich die absolute Mehrheit verbuchen konnte, so sollte nun in vierzehn Tagen es zur Stichwahl zwischen den beiden Erstplatzierten kommen und das waren, wie schon bei der Wahlveranstaltung am Freitag vor einer Woche vorauszusehen war, Brunhilde Pfeifer vom Frauenbund und Herr Beyer, der zur Zeit kommissarisch amtierende Bürgermeister.

***

Montag, eine neue Woche nahm im Hause Instenburg wieder seinen Anfang.
Die Vormittagsstunden standen für die Psychogruppe im Zeichen ihrer Gruppenarbeit. Sie hatten sich
ja vorgenommen für den örtlichen Kindergarten ein
Bauernhof zu basteln, so mit allem drum und dran,
der Clou dabei war, dass alle Kleinteile, nebst Tiere
und Zäune in eine Holzkiste, die wie ein Bauernhaus aussehen sollte, verpackt werden, so ist auch
für die Ordnung nach dem Spiel gesorgt. Man muss
eingestehen, keine leichte Arbeit für die in der Holz-
arbeit ungeübten Patienten, aber sie wollten das so.
Die Arbeit war schon ganz gut vorangekommen,
Peter hatte die Pferde geschnitzt und Andre` küm-
merte sich um das Fuhrwerk, Steffi und Marina säg-
ten und schnitzten an Kühen und Schweinen, Charlotte wollte sich um die Zäune und Stallungen kümmern, aber so richtig ging die Arbeit ihr nicht von
der Hand und Jack als Betreuer musste gelegentlich mit Rat und Tat aushelfen. Marcus wollte das
Bauernhaus bauen und anmalen, er war ja der
Künstler unter ihnen. Die Arbeit ging im Großen und
Ganzen gut voran, so dass alle optimistisch waren,
den Bauernhof bis zum Ende ihrer Therapiezeit in
vier Wochen fertig zu haben und noch persönlich
dem Kindergarten übergeben zu können. Der the-
rapeutische Effekt war die Zusammenarbeit, das
gemeinsame Planen und Werkeln, was für das so-
ziale Miteinander eine wohltuende Wirkung haben
könnte.

Was niedlich zu beobachten war, wie sich Peter, der Gruppenteddybär so führsorglich um Charlotte kümmerte, er versuchte ihr förmlich ihre Wünsche von den Augen abzulesen und umsorgte sie, wo er nur konnte. Ob im Gegenzug der Einfluss von Charlotte auf Peter ihm letztendlich guttut, musste sich noch zeigen, denn selbst für die therapierenden Ärzten war Charlotte bisher ein Buch mit sieben Siegeln, bestückt mit mehr Fragezeichen als Antworten oder selbst wie Dr. Hinterseer in der Ärztesitzung bemerkte, für ihn eine Wundertüte, nie war er sich im Voraus sicher, wie Charlotte in den einzelnen Situationen reagieren würde.

***

Seine Gefühle hatte Bernhard, wenn ihm Maria über den Weg lief, langsam im Griff. Er hatte ja schließlich einen Auftrag und da musste er seinen Verstand einschalten, es fiel ihm sichtlich schwer, aber seine Ehre als ehemaliger Polizist verlangte nun mal vor allem Disziplin und immer ein wachsames Auge. Wenn er ein bisheriges Resümee in der Sache mit Maria zog, musste er eingestehen, doch keinen Schritt weiter gekommen zu sein, nichts deutete darauf hin, dass sie mit dem Leichenfund mehr zu tun hätte, als sie selber auf dem Polizei- Revier eingestanden hätte. Aber da musste es noch einen anderen Zusammenhang geben, das sagte ihm sein Bauchgefühl und sein Bauch hatte sich bisher nur selten geirrt, also Holzauge sei wachsam.
Heute mussten sie in der Suchtgruppe wieder die Akkupunktur über sich ergehen lassen. Maria durfte

der behandelnden Ärztin assistieren und sie erwies sich auch mit den Nadeln als geschickt, Bernhard, an dessen Ohr sie sich versuchen konnte, hatte kaum etwas gespürt, so sanft steckte sie die Nadeln.

Anschließend stand wieder PMR auf dem Programm, herrlich, wieder eine Stunde zum Abschalten, ein Schläfchen bei den beruhigenden Worten der Therapeutin und der entspannenden Musik zu machen.

Und dann war ja schon wieder Mittagszeit, es gab Nudeln mit Gulasch. Anschließend zog es ihn in den Garten, er musste unbedingt mit Torsten telefonieren, um sich über den Ermittlungsstand auszutauschen. Torsten berichtete von der männlichen Fremd- DNA unter den Fingernägeln der Toten, da aber der Fundort mit hoher Wahrscheinlichkeit nicht der Tatort gewesen ist, würde eine großflächige Gruppen- DNA- Überprüfung nicht viel Sinn haben, der Kreis wäre zu groß. Tja, da hilft nur akribische Polizeiarbeit, aber da kenne Bernhard sich ja bestens selber aus.

Wenn nicht Maria, dann musste es einen anderen Zusammenhang mit dem Hause Instenburg geben, da war sich Bernhard sicher, aber wem war diese Monika Pitsch noch im Wege?

Eine andere Sache bereitete Bernhard nun auch noch Sorgen. Er glaubte, sich was ins linke Auge reingerieben zu haben, ging deshalb zum Augenarzt, denn er sah auf dem linken Auge alles kleiner und unscharf. Zum Glück praktizierte im Erdgeschoß der Klinik auch ein Augenarzt, zu ihm ging er nun auch auf dringendes Anraten der Schwester, denn mit dem Augenlicht ist nicht zu spaßen, nichts Sehen- Können gehörte ja auch mit zu den größten Einschränkungen.

Und so saß Bernhard noch vor dem Mittagessen des Folgetages bei der Augenärztin auf dem Behandlungsstuhl.

Es war schlimmer als gedacht, Ursache für die Sehverschlechterung war kein Fremdkörper, sondern ein retinaler Venenverschluss, also eine Thrombose im Auge. Hierbei handelt es sich um eine Augenerkrankung, die zum deutlichen Verlust der zentralen Sehschärfe führen kann. Auf dem linken Auge wurden Bernhard nur noch 50% Sehstärke bescheinigt, von der verminderten Sehschärfe mal ganz abgesehen.

Was da wirksam hilft, ist eine intravitreale operative Medikamenteneingabe von EYLEA. Behutsam erklärte ihm die Ärztin, was das für Bernhard bedeutet. Das EYLEA sollte ihm per Injektion ins linke Auge verabreicht werden. Das konnte allerdings nicht im Haus „Instenburg" erfolgen, dafür müsste er nach Dessau in die Augenklinik. Auch besorgte die Ärztin ihm gleich einen Termin für die erste Behandlung. Bei dem Gedanken an eine Spritze ins Auge wurden Bernhard die Knie ganz weich, da stand ihm ja wieder mal was bevor.

***

Hastig rannte Jens, von allen nur „der Berliner" genannt, durch den Wald. In der Zeitung hatte er zu vor das Bild von Monika Pitsch gesehen, den Artikel

vom Leichenfund im Kellergewölbe des alten Stadt-
schloßes gelesen und ihm wurde schlagartig klar,
dass er nun gejagt wird, denn seine DANN wird
man bei der Leiche finden, die Kratzer, die ihm Monika in ihrem Todeskampf verursacht hatte,
schmerzten ihn noch immer. Wohin konnte er , wo
am besten untertauchen, denn sein Versteck war
jetzt nicht mehr sicher. Er rannte durch den Wald
um sein Leben, fühlte sich gehetzt wie ein wildes
Tier, um ihn nur Wald, jetzt nur nicht die Nerven
verlieren und auf den Weg achten. Autsch, da war
es passiert, die Wurzel und den dahinter liegenden
Abhang hatte er nicht gesehen, auch das 20 Meter
vorher aufgestellte Warnschild „Vorsicht, Steinbruch, Absturzgefahr, betreten verboten".

***

Manche Dinge erledigen sich von selbst. Nein, das
gibt es doch nicht. Jahrelang gab es in Münzelsbach keine nennenswerten Verbrechen, vielleicht
mal ein Fahrraddiebstahl oder eine nächtliche Ruhestörung und jetzt das, wieder ein Leichenfund.
Diesmal geschah es im nahegelegenen Forst, oder
genauer im Steinbruch. Da war ein junger Mann,
vermutlich beim Klettern, als er den Steinbruch an
seiner Steilwand erklimmen wollte, abgestürzt. Ja,
diese heutige Jugend, wie so oft hatte sich mal wieder einer überschätzt und dabei ist das große Schild
mit der Aufschrift „Betreten verboten, Einsturzgefahr" doch nun wirklich nicht zu übersehen. Aber
was das schärfste dabei war, die DNA des Toten
stimmte mit der, der unter den Fingernägeln der

vermutlich ermordeten Monika Pietsch überein. Sollte er der Mörder sein, doch wer war er und welches Tatmotiv besaß der junge Mann? Fragen über Fragen, aber wo liegt die Antwort, auch Kommissar Schröder konnte sich keinen Reim darauf machen, zumindest bis jetzt nicht. Eine Vermisstenanzeige, die zu dem Toten passt, gab es auch nicht, also war die Öffentlichkeit gefragt und so kam mal wieder Karsten Breuer von der Örtlichen ins Spiel, ein Bild des Toten mit den Fragen „Wer kennt diesen Mann, wer hat ihn in den letzten Tagen gesehen?" wurde am nächsten Tag in der Zeitung veröffentlicht, aber vorerst keine Reaktion.

Tja, den mutmaßlichen Täter hatte man damit gefasst, allerdings wird dieser keine Aussage zum Tathergang mehr machen, was war das Tatmotiv, Fragen über Fragen, was bleibt, ist akribische Polizeiarbeit.

***

Die nächsten Tage war nasskaltes Regenwetter, die Bäume warfen ihre dieses Jahr schon frühzeitig buntgefärbten Blätter ab, früh wurde es später hell und abends schneller dunkel, obwohl Taghell ein relativer Begriff ist. Es war draußen so richtig ungemütlich, wohl dem der da in der warmen Stube saß und nicht raus musste. Der Herbst hielt langsam Einzug und zeigte sich gleich von seiner unangenehmen, schmuddeligen Seite.

In der Klinik hatte Marcus Notstand, denn Marina war vorzeitig entlassen wurden, sie hatte nun doch den Mann vom Film geheiratet. Verwunderlich, denn eigentlich war sie wegen ihm ja in der Klinik. Aber manchen ließen sich einfach nicht helfen, die Wege der Liebe bleiben unergründlich.

Die Reaktion von Marcus war eine unerlaubte Entfernung aus der Klinik und sein Besuch einer Tabledance- Bar in der nahegelegenen Kreisstadt. Aber seine Befriedigung fand er dort auch nicht, auch wenn die langen Beine der Tänzerinnen doch ein Gribbeln in seiner Hose verursachten. Er schlich sich morgens wieder in sein Zimmer, so richtig vermisst hatte ihn wohl keiner, doch der Weggang von Marina tat ihm doch schon irgendwie weh.

Bei der Gruppentherapie am Vormittag drückte er sich in seine Ecke und versuchte es mit autogenem Training, des Gebabbel seiner Mitpatienten ging ihn nur auf den Nerv. Er döste vor sich hin und wartete, dass die Zeit verging.

Anschließend war Küchengruppe. Charlotte, Marcus und eine für Marina in die Gruppe gekommene Neue, namens Simone durften mit der Therapeutin kochen. Aber zuerst wurde eingekauft. Marcus durfte heute das Hauptgericht wählen und hatte sich für Schnitzel mit Kartoffeln und Spargelgemüse entschieden. Es war zwar nicht mehr die Zeit für frischen Spargel, aber der aus dem Glas tat`s auch. Zurück in der Küche war Marcus für die Schnitzel zuständig, die Neue kümmerte sich um die Kartoffeln und den Spargel. Charlotte kreierte einen leckeren Pudding für den Nachtisch.

Simone, so `ne kleine untersetzte, war so gar nicht Marcus sein Typ, sie war drogenabhängig, kam aber auf Grund ihrer schweren Depression mit in

die Psychogruppe, wo ja auch durch Marinas Ausscheiden ein Platz frei geworden war.
Von ihrer aber ansonsten lockeren Art her, schien sie ganz gut in die Gruppe rein zu passen. Schauen wir mal.

***

Nachmittags stand Sport zusammen mit den Suchties auf dem Programm. Da das Wetter für Outdoor-Sport zu unangenehm war, spielten sie Tischtennis und zwar chinesisch, denn alle sollten ja mitmachen. Marcus und Bernhard legten sich ganz schön ins Zeug, aber in Charlotte fanden sie ihren Meister, das hätte der Kleinen gar keiner zugetraut, aber so wie sie die Bälle anschnitt, oder mit einem Schmetterball konterte war schon sehenswert. Bei dem um die Platte Herum- Gerenne kam man ganz schön ins Schwitzen. Schnell verging die Sportstunde und nun war erst mal Duschen angesagt. Marcus hätte Charlotte ja zu gern den Rücken und noch mehr eingeseift, aber das ging ja nun gar nicht, zumindest nicht an diesem Nachmittag.
Heute gab es zum Kaffee Streuselkuchen, der schmeckte ganz gut und bot mal wieder eine Gelegenheit für Marcus mit Charlotte zu flirten. Bernhard beobachtete das mit finsterem Blick, schließlich hatte er ja schon damals im Wald ein Auge auch auf Charlotte geworfen und das konnte er nicht so ohne weiteres vergessen. Dieser Marcus mit seiner arroganten Art war ihm so wie so ein Dorn im Auge, denkt denn dieser Schönling, er kann sich alles er-

lauben? Den musste er unbedingt bei nächster Gelegenheit in die Schranken verweisen.

An diesem Tag passierte in der Klinik nichts weiter Erwähnenswertes, am Abend schauten die Tatortschauer Tatort, andere lasen ein Buch, Strick Liese saß mit Steffi in einer Flurecke und tratschte über ihr verkorkstes Leben und Bernhard saß daneben auf dem Hometrainer und strampelte sich die Wut auf Marcus aus dem Bauch. Nichts weiter geschah, auch verging dieser Abend ohne besondere Vorkommnisse. Maria drehte noch mal die Runde, um nach den Rechten zu sehen und machte anschließend Feierabend.

Kapitel 15

In der Nacht fiel für alle überraschend der erste Schnee, auch die Wetterfrösche konnten sich den plötzlichen Temperatursturz nicht erklären, schließlich hatten wir noch September und alle hatten auf einen goldenen Herbst gehofft und nun das. Alles sah aus wie mit Puderzucker überstreut, der Schnee war noch so schön weiß und die Landschaft erschien sauber und rein.

Wer freut sich auf den Winter- alle Kinder und so war es auch in der Klinik, zumindest bei den Patienten beim Frühsport, statt den sonst üblichen morgendlichen Rundenlauf, lieferten sie sich heute eine zünftige Schneeballschlacht, einige bauten den ersten Schneemann, alle hatte Spaß, nur Dr. Hinterseer, der hinter seiner Gardine im Dienstzimmer mit

Blick auf den Park das tolle Treiben beobachtete, nicht. Was sind denn das schon wieder für Kindereien, werden die denn nie erwachsen und wo ist eigentlich das Aufsichtspersonal, dem Tanz muss sofort Einhalt geboten werden. Er griff zum Telefon und wählte die Nummer des diensthabenden Arztes, er hat sich darum zu kümmern, bevor noch ein Unfall passiert, oder einer eine Scheibe einwirft.

***

Auf der Polizeiwache saß Freddy gelangweilt an seinem Schreibtisch, Torsten stand am Fenster und beobachtete das fröhliche Schneetreiben. Im Radio lief „Nämlich bin ich glücklich" von Peter Gläser, genannt Cäsar mit der Gruppe Karussell. Da klingelte plötzlich das Telefon. Am anderen Ende meldete sich die freiwillige Feuerwehr, eine Scheune am Stadtrand brennt und sie haben die Brandstifter gestellt, wie sie sich nun verhalten müssten. Torsten schaltete sofort und versicherte in wenigen Minuten vor Ort zu sein.

Gesagt, getan, zehn Minuten später waren Torsten und Freddy am Tatort. Was sich ihnen dort bot, lässt sich schwer beschreiben. Von der Scheune war nicht mehr viel übrig, in ihr war Stroh gelagert und als die Feuerwehr eintrat, brannte die Scheune schon lichterloh, ein kontrolliertes Abrennen erschien als das Sinnvollste.

Gestellt hatten sie zwei Jungen, Max und Ricardo, der Polizei nicht ganz unbekannt. Sie hatten Cowboy und Indianer gespielt und wollten eine Friedenspfeife am Lagerfeuer rauchen, Frieden sei ja wichtig, nur hatten sie nicht bedacht, dass in der Scheune, in der sie bei dem Wetter Unterschlupf gefunden hatten, vorrangig hochentzündliches Stroh lagerte und so war es durch Funkenflug geschehen, dass das Feuer schnell auf die Strohballen übergriff. Da konnten sie nur noch die Feuerwehr rufen. Zum Glück hatte Ricardo sein neues Handy bei, aber so richtig half die Feuerwehr ja nun doch nicht. Das konnten sie nicht wissen, denn sie waren ja noch Kinder.

„Die Beiden wieder", stöhnte Torsten und nahm sie ins Gebet. Eins war jedoch interessant. Die Kinder hatten ein Nachtlager entdeckt, also `ne Decke und `nen Schlafsack, daneben ein paar Essensreste und eine Lederumhängetasche, wie sie früher die Trapper hatten, das brachte die Kinder erst so richtig auf den Gedanken Cowboy und Indianer zu spielen. Ihre Schätze hatten sie natürlich vor den Flammen gerettet und zeigten sie nicht ohne Stolz den beiden Polizisten. Torsten konfiszierte die Tasche, wollte überprüfen, wer denn da in der Scheune vorher vagabundiert hatte. Max und Ricardo sind erst elf, also beide nicht strafmündig, das Einzige was sie machen können, ist die Knaben zu belehren und sowohl Eltern, als auch die Schule zu benachrichtigen.

Kleine Kinder kleine Sorgen, große Kinder …

Die Tasche schickten sie noch am gleichen Tag in die KTU, mal sehen, ob verwertbare Spuren drauf sind.

***

Am nächsten Tag, kaum in der Schule, mussten Max und Ricardo zum Direktor, sich eine ordentliche Standpauke abholen, die in einem aktenkundigen Tadel gipfelte.

Für ihre Mitschüler waren sie allerdings die Helden, alle wollten wissen, wie das so war, als die Scheune brannte, was das für ein Gefühl ist, so ein überdimensionales Lagerfeuer entzündet zu haben und dann der Feuerwehreinsatz, kaum einer konnte sich was Spannenderes vorstellen, die Beiden hatten doch immer die besten Ideen.

Und dann noch die Sache mit dem Entdecken der Schlafstätte und der Trapper- Tasche, schade, dass sie diese der Polizei geben mussten.

Jetzt gehörte auch Tim zu ihrer Truppe, dass er gut kämpfen konnte, hatte er ja schon unter Beweis gestellt.

Der Großteil der Jungs wollte nach der Schule zu der Stätte des Geschehens pilgern, die Neugier war doch riesig. Sie konnten das Ende des Schultages kaum erwarten.

***

Gruppentherapiestunde stand diesen Nachmittag auf dem Tagesplan der Psycho- Gruppe. Das bekannte Bild, Marcus und Charlotte waren wieder so abgetaucht, dass sie weder im Spiegel analysierbar noch von der Kamera erfasst werden konnten. Beide grinsten sich nur an, denn mittlerweile waren sich beide doch etwas nähergekommen. Charlotte reizte die scheinbare Unbeugsamkeit von Marcus, sie hatte ihre Pläne, doch beide schwiegen, zumindest in dieser Stunde.

Diesmal war unser Teddibär Peter an der Reihe, er sprach mit schluchzender Stimme von seiner schweren Kindheit, vom Vater gab`s Schläge statt Anerkennung und seine Mutter war zu schwach um sich gegen ihren Gatten durchzusetzen, aus banalen Gründen gab es Schläge und Stubenarrest, einen Freund mal zum Spielen mit nachhause zu bringen, ging auch nicht und es hagelte Verbote, wollte er mal als Jugendlicher mit seinen Kumpels in die Disco gehen, nein, das war nicht fair. Sein Selbstbewusstsein war am Boden, auch später in der Lehre wurde er nicht wie ein heranwachsender Erwachsener behandelt, es hieß nur immer „so lange du die Füße unter den elterlichen Tisch steckst, hast du zu parieren".

Das erklärte bezogen auf Peters Verhalten doch einiges, denn keiner konnte sich vorher vorstellen, warum Peter so wenig Selbstbewusstsein hatte und er ist ein großer, kräftiger Kerl

Steffi stand auf, ging zu Peter, umarmte ihn, oh, das tat ihm gut

***

Die KTU hatte sich mal richtig ins Zeug gelegt und schickte, sowohl Schröder, als auch dem Polizeirevier, zu Händen von Torsten in Münzelsbach das Untersuchungsergebnis die Tasche betreffend. Auf ihr war DNA vom Steinbruchtoten und damit dem mutmaßlichen Mörder von Monika Pitsch. So hat er sich höchstwahrscheinlich nach seiner Tat in der

Scheune versteckt, aber warum ist er im Ort geblieben? Wohnhaft war er in der Gegend nicht, das ergab eine Auswertung beim Einwohnermeldeamt. Auch fehlte bisher jegliche Meldung von Zeugen aus der Bevölkerung. Nochmals wurde sein Bild, diesmal in einer überregionalen Zeitung mit der Bitte um Mithilfe veröffentlicht und das ergab einen Treffer. Eine Krankenschwester aus dem Kreiskrankenhaus hatte ihn wiedererkannt, er war ihr an dem Tag als Paul Wichern verstorben ist, dort aufgefallen und auf der gleichen Station, wie sie sagte, dass er rumschnüffelte, angeblich hatte er sich in der Etage geirrt, aber das erschien ihr eher unglaubwürdig. Dafür wirkte er viel zu verunsichert. Er stammelte, dass er seinen Opa Fritz in der Inneren besuchen wollte, aber einen alten Patienten gleichen Namens gab es dort nicht. Das hatte sie überprüft, weil der Schnüffler ihr verdächtig erschien und Schmierfinken von der Presse hatten es in der Vergangenheit schon oft versucht, durch illegale Recherchen das Krankenhaus in Misskredit zu bringen. Drum waren vom Oberarzt alle Schwestern und Pfleger angewiesen wurden, drauf zu achten, dass so etwas nicht wieder vorkommt.

Nun lag die Vermutung nah, dass dieser Unbekannte vielleicht auch etwas mit dem Tod von Paul Wichern zu tun haben könnte. Aber das war natürlich reine Spekulation.

***

Bernhard sein Aufenthalt in der Klinik näherte sich dem Ende, wie schnell doch Zeit für den Entzug rumgehen können, hätte er vorher nicht gedacht, aber jetzt sind es nur noch zwei Tage und er kann die letzten Stunden rückwärts zählen.

Was ihm allerdings noch keine Ruhe ließ, waren seine mangelnden neuen Erkenntnisse zum Tatmotiv im Todesfall von Monika Pitsch.

Aber wie es der Zufall so will, bot sich heute die Möglichkeit zur illegalen Akteneinsicht. Er hatte sich freiwillig gemeldet bei Reinigungsarbeiten zu helfen und war unbeaufsichtigt im Chefarztzimmer, wo unverschlossen der Schrank mit den brisanten Akten stand. Welch eine Nachlässigkeit vom Klinikpersonal, aber er nahm natürlich diese Einladung dankend an.

Erst blätterte er in der Akte von Paul Wichern, der hatte ja vor seinem Treppensturz sogar Wochenendurlaub und schien so gut wie austherapiert, tja, aus dieser Sicht konnte Bernhard sich einen selbstverursachten Treppensturz nur schlecht vorstellen, da wird doch der Verdacht laut, dass da jemand nachgeholfen hat.

Maria schien für Bernhard, was die Beteiligung an der Tötung von Frau Pietsch betraf, wohl eher unschuldig, denn zu dieser Zeit weilte sie nachweislich noch nicht in Münzelsbach.

Aber was noch interessant erschien, war die Akte von Charlotte Lessner, oh, da musste er zurück auf dem Revier mal tiefer Graben.

Nun galt es aber wieder zu putzen, denn irgendwie musste er ja den Aufenthalt in diesem Zimmer rechtfertigen.

Das hatte sich gelohnt, manchmal ist freiwilliger Arbeitseifer doch zu etwas nutze.

Und nun konnte er auch seinen Klinikbesuch getrost beenden, für seine Gesundheit hatte es viel gebracht, auch ein paar Praktiken, wie z.B. PMR wollte er auf jeden Fall auch in Zukunft für sich nutzen, denn seit er diese Methode für sich auch vor dem Einschlafen nutzte, waren die grübelnd durchwachten Nächte weniger geworden.
Mit seinem Zugewinn an Erkenntnissen als Ermittler kann er auch zufrieden sein.

***

Andre', Andre', jetzt hatte sich der junge Mann doch tatsächlich in die kleine dickliche Simone verliebt, es war herrlich anzusehen, wie er sie umwarb, ihr bei jeder Gelegenheit helfend zur Hand ging und richtig eifersüchtig blickte, wenn mal ein anderer mit ihr flirtete. Aber das Hochgefühl war ein Gewinn für ihn, er blühte förmlich auf und traute sich auch mal ungefragt den Mund aufzumachen. Für den Genesungsprozess von Andre' war das Gold wert.
Anders war das bei Charlotte und Marcus, immer offensichtlicher zeigte sich das die Gefühle zu einander ungleich verteilt waren. Marcus puhlte förmlich um deren Gunst und merkte nicht, dass sie ihn nur zusehends manipulierte.
In der Gruppenstunde übten sich natürlich beide im Schweigen, beim autogenen Training waren beide in Höchstform, was ja auf einer Seite gut ist, aber sie übten auch vorrangig in der Gruppenstunde und das war einfach nur eine Verweigerung am Therapiegeschehen aktiv teilzuhaben.

Beim Malen war Marcus in Höchstform, fast täglich konnte man ein neues Werk von ihm bewundern, zu den Landschaftsbildern gesellten sich jetzt auch Stillleben, eine ganz neue Seite von ihm, aber gar nicht schlecht, ein Gefühl für Farben konnte man ihm nicht absprechen.

***

Am Abend kehrte wieder Ruhe ein in der Klinik, welche spielte nach dem Abendbrot noch Tischtennis, andere spielten Karten, Strick- Liese saß wieder in ihrer Flurecke und strickte, auch die Klotze lief, nur Andre' saß auf dem Hometrainer und kurbelte, was das Zeug hält, er hatte sich vorgenommen jetzt Muskeln aufzubauen, wollte beweisen, dass er nicht nur ein Spargel- Tarzan war.

Maria machte noch mal die Runde, dann sortierte sie noch ihre Unterlagen, um für sich die Arbeitswoche ordentlich zu beenden.
Sie freute sich schon auf den nächsten Tag, da wollte Jack mit ihr Frühstücken und das gemeinsame Wochenende planen.
Sie schloss das Schwesternzimmer noch ab und machte Feierabend.

Kapitel 16

Für den Herbst schien nochmal ein schöner Tag zu werden, nun doch goldener Oktober? Die Sonne schaute hinter den Wolken hervor und die Temperatur war für einen Herbsttag auch am Morgen schon angenehm mild.

Maria hatte schon Kaffee gekocht und den Frühstückstisch gedeckt, als pünktlich um neun Jack mit den frischen Brötchen kam.

„Weißt Du eigentlich warum der Fläming „Fläming" heißt", fragte er Maria. Sie schüttelte nur den Kopf.

Jetzt war Jack in seinem Element und berichtete: „Mitte des 12. Jahrhunderts hatten hier die Deutschen die Slawen endgültig besiegt. Im Jahr 1159 riefen Albrecht der Bär und der Erzbischof Wichmann von Magdeburg zur Besiedlung dieser Gebiete östlich der Elbe auf.

Nach der großen Sturmflut an der flandrischen Nordseeküste im Jahr 1164 gab es dort viele Siedlungswillige, vor allem Holländer und Flamen. Auch verfügten sie über besondere Fähigkeiten im Brunnenbau, in der Trockenlegung von Sümpfen, dem Bau von Deichen und dem Bau von Mühlen." Sie sollten in das von Slawen dünn besiedelte Land einen Neubeginn wagen. Die überwiegend flämischen Kolonisten wurden Fläminger und die Landschaft „Fläming" genannt."

Und um dieses Land besser kennenzulernen, werden sie heute einen Ausflug an markante Stätten machen, diesmal nicht mit dem Fahrrad, sondern dem Wetter angepasst mit dem Auto.

Ihre Tour führte vorbei an der Wasserburg in Roßlau zur Wallwitzburg bei Dessau. Hier bestiegen sie den Turm, genossen den Ausblick über das Elb-Omega, tranken einen Kaffee, streichelten die Ziegen, dabei hatten Maria es gerade die zwei kleinen

Böcke, Lolek und Bolek angetan. Sie hatten ein so weiches Fell, auch waren sie überhaupt nicht scheu, am liebsten hätte Maria gleich beide mitgenommen, aber wo sollte sie die Böcke unterbringen, nein, das war nicht möglich. Um trotzdem den Tieren etwas Gutes zu tun, bot ihr der auf der Burg diensttuende Bufdi an, eine Tierpatenschaft für beide abzuschließen, damit spende sie Geld für im Winter ausreichend Futter und könnte auch jeder Zeit ihre Patenkinder besuchen und sie streicheln. Das hörte sich doch gut an, Maria steckte sich die ihr angebotenen Formulare ein und versicherte sich kurzfristig wohlwollend zu entscheiden, denn Geldsorgen kannte sie durch ihre privilegierte Geburt als Tochter eines anerkannten Professors nicht und für Tiere hatte sie schon immer ein Herz.

Weiter fuhren Maria und Jack nach Zerbst, dort gingen sie über den Katharina Weg zum Schloß und von dort zur Luthergedenkstätte, aßen am Markt zu Mittag. Im Anschluss ging es zum Dorfkirchenmuseum Garitz und von da aus nach Thießen. Hier besichtigten sie den „Kupferhammer". Eigentlich wollten sie auch in Wittenberg die Luther- Gedenkstätte besuchen, aber das wäre zu viel Bildung für einen Tag, so fuhren sie zurück nach Münzelsbach und ließen in der „Goldenen Kugel" den Tag ausklingen.

***

Wahlsonntag, die Stichwahl zwischen Brunhilde Pfeifer vom Frauenbund und Herrn Beyer den zurzeit amtierenden Bürgermeister stand auf der Tagesordnung. Beide Lager hatten noch mal in den letzten vierzehn Tagen so richtig Gas gegeben um die Wähler von ihrem Kandidaten zu überzeugen. Aber was war das, die Münzelsbacher waren Wahlmüde. Nur spärlich kamen die Einwohner in die Wahllokale.

Am Abend nach der Stimmenauszählung stand es fest, Wahlsieger ist der bis dahin kommissarisch regierende Bürgermeister Herr Beyer.

Im Whisky- Club fand natürlich die Wahlparty statt, tja, da hatten sie es wieder geschafft und im neuen Gewand regierte jetzt wieder das stabile, gewohnte Gleichmaß. Warum auch unnötige Veränderungen, der Mensch ist und bleibt ein Gewohnheitstier, Veränderungen gegenüber ist er erstmal misstrauisch.

Was dem einen die Freude bringt, bedeutet für andere Trauer. Während man sich im Whisky- Club fröhlich zu prostete, war im Teehaus beim Frauenbund Katerstimmung. Wie konnte das nur passieren, dabei hatten sie doch die besseren Argumente, das riecht nach Wahlbetrug. Und so ist es gut möglich, dass bei den Briefwählern manipuliert wurde, aber das ist eine andere Geschichte und würde hier nur den Rahmen sprengen.

Jeder bekommt das, was er verdient.

***

Fern ab von Münzelsbach tobt der Krieg, aber auch in der beschaulichen Kleinstadt sollte er seine Spuren hinterlassen. Kriegsflüchtlinge kamen nach Münzelsbach.

Es sind vorrangig junge Männer. Das stellte den neugewählten Bürgermeister erst mal vor die Frage wohin mit ihnen. Sie wurden erstmal im Lehrlingswohnheim des ehemaligen Chemie Werkes untergebracht und müssen nun integriert werden. Aber das ist ein langer Weg. Das Erlernen der deutschen Sprache ist eine wichtige Voraussetzung, also müssen Deutschkurse her.

Die Integration wird noch viele Lösungen und vor allem Zeit und Geduld verlangen. Aber auch das liefert Stoff für eine andere Geschichte, die noch am Anfang steht.

Kapitel 17

Gleich Montag am Morgen besuchte Bernhard seine Kumpels auf der Polizeiwache. Schließlich hatte er einiges zu berichten und wollte auch zum aktuellen Ermittlungsstand das Neueste erfahren. Torsten erzählte ihm kurz vom Scheunenbrand und der gefundenen Tasche. Welche Wende das in der Aufklärung der Todesfälle mit sich brachte, war unbeschreiblich und für die Ermittler ein Glückstreffer.

Die Identität des Bergsteigers betreffend war vom Land die Nachricht eingegangen, dass es sich um den polizeilich schon bekannten Jens Meyer aus Berlin handelte.

Er war dort als Mitglied einer Straßengang, die durch Schutzgelderpressung und Störung der öffentlichen Ruhe aufgefallen war, wie weit sie im Drogen- Milieu verwickelt sind, wird noch ermittelt.

Tja, damit hatten sie die Identität, aber mit welchem Tatmotiv man es zu tun hatte, war noch unklar.

Aber dazu konnte Bernhard was beitragen, denn seine Recherchen in der Krankenakte von Frau Lessner hatten ergeben, dass sie sowohl drogen-abhängig gewesen ist, als auch dieser Straßengang in Berlin zugeordnet werden konnte. Das war auch der Grund weswegen sie ihr Stiefvater, Herr Professor Dr. Instenburg, in der Klinik einweisen ließ. Er wollte den Drogenentzug und sie aus dem Milieu in Berlin raushaben, aber weiterhin sie unter Kontrolle wissen.

Das bezeugte, dass Charlotte Lessner den totauf-gefundenen Jens Meyer kannte, mehr aber noch nicht.

Wie sollten sie in der Ermittlung weiter vorgehen?

Zuerst einmal informierten sie Kommissar Schröder vom LKA über den gefundenen Zusammenhang und baten um Mithilfe, denn an eine offizielle Kran-kenakteneinsicht kommen sie nur per Gerichtsbe-schluss bzw. über den zuständigen Staatsanwalt ran. Das lag nicht in ihrer Hand.

***

Zwischenzeitlich sorgte mal wieder Marcus in der Klinik für Aufsehen. Er stolzierte wagemutig am Rande des Absturzes auf dem Giebeldach der alt-ehrwürdigen Villa herum, und holte sein Ding her-aus und urinierte ganz in sich verloren auf das Kli-nikdach. Er stand völlig neben sich, diese Hand-lungsweise war für Marcus vollkommen untypisch, ein bisschen verrückt war er ja schon immer, doch war er auch stets auf die Form bedacht und wollte nach außen stets eine gute Figur machen. Es blieb nichts Anderes übrig, als dass die Feuerwehr in einem dramatischen Rettungseinsatz mittels Drehleiter ihn vom Dach pflückte. Das hätte auch gehörig in die Hose gehen können, denn Marcus stand, wie sich herausstellte, unter Drogeneinfluss.

Wie war er nun wieder an das Zeug gekommen und warum ist er eigentlich auf das Dach gestiegen? Um das herauszukriegen, war nach dem Rausch Fingerspitzengefühl bei der Befragung nötig. Das durfte nicht ohne Konsequenzen bleiben, auch musste der Drogenkurier gestellt werden.

***

Maria hatte sich für die Tierpatenschaft entschieden und wollte heute mit Jack zur Burg ihre jetzigen Patenkinder besuchen. Es war Sturm angesagt, nicht überraschend für die Jahreszeit, es war ja auch schon Herbst und mit Herbststürmen war zu rechnen. Allerdings handelte es sich diesmal nicht nur um ein laues Lüftchen, nein, eine Sturmwarnung ging durch die Medien. Ein Grund mehr für Maria nach ihren liebgewonnenen Zwergziegenböcken zu schauen.

Kaum in den Wallwitzbergen angekommen, blies ihnen auch schon ein heftiger Wind um die Nase und die Wetterfrösche hatten diesmal nicht zu viel versprochen, es handelte sich bei Windstärke 8 doch schon um einen Sturm mittleren Ausmaßes.

Zügig liefen sie über den Elbdammweg zum Tiergehege. Aber was war das, da hatte doch ein umge-

stürzter Baum die Elektrozaunabsperrung unter sich
begraben. Die Ziegenböcke und Schafe fanden das
Klasse, so hatten sie die Möglichkeit zu der saftigen
Elbwiese zu gelangen und sich den Bauch mal wieder so richtig voll zu hauen. Der sich schon vor Ort
befindende Burgmitarbeiter fand das gar nicht so
gut, denn er hatte ja jetzt die Aufgabe den Schaden
zu beheben und die Tiere wieder einzufangen. Da
kamen ihm Maria und Jack gerade recht, sofort
wurden sie in ihre für sie neuen Aufgaben einge-
wiesen. Die Treibjagd konnte mit vereinten Kräften
jetzt beginnen. Den Tieren war das gar nicht recht,
zwar hatten sie schon dicke Bäuche, aber jetzt auch
noch schnell bewegen und dann noch zurück in ihre
Absperrung, nein, das konnten sie nicht so einfach
hinnehmen. Das glich ja der Vertreibung aus dem
Paradies und dafür zeigten sie keinerlei Verständnis. Also flüchteten sie erst mal im großen Bogen
auf die andere Ecke der Wiese. Mit Erschrecken
mussten die Jäger registrieren, dass sich die Herde
beängstigend dem Wald näherte und damit die Gefahr bestand, dass sie im Unterholz die Zuflucht
fanden. Nun hieß es flinke Füße und den aufgescheuchten Tieren den Weg abschneiden. Maria
wusste gar nicht, dass sie noch in der Lage war, so
schnell zu rennen, aber bei Gefahr in Verzug mobi-
lisiert man doch bisher nicht vermutete Kräfte.
Jack hatte in der Zwischenzeit einen zwei Meter
breiten Laufkorridor zum Zurücktreiben der Tiere
unter einer umgestürzten Weide hindurch auf die
neu umzäunte Fläche geschaffen. Aber denkste, die
Tiere ließen sich nicht dadurch treiben. Nach einer
Stunde ermüdender Hatz hatten auch die Treiber

begriffen, dass der einzige Weg zurück, der Weg war, den die Tiere bei ihrem Ausbruch genutzt hatten, also zurück über den umgestürzten Baum. Das erschien nun allen doch als sinnvolle Lösung heraus aus dem Dilemma zu kommen. Erkannt, getan, nun mussten die verunsicherten Tiere nur noch auf die nebenan liegende Weide getrieben werden. Auch das brauchte seine Zeit, denn die Tiere waren satt und nach dem stundenlangen Rumtreiben erschöpft und unwillig sich noch zu bewegen. Aber mit der nötigen Geduld war es dann endlich doch gelungen die Herde an ihren neuen Bestimmungsort zu treiben. Jetzt schnell noch den Zaun verschließen und den Strom anschalten, dann war es geschafft. Stolz blickten sich die Drei in die Augen und klopften sich gegenseitig auf die Schultern. Das war für Maria und Jack ein erhebendes Gefühl, über sich hinauswachsend doch was Nützliches getan zu haben. Maria streichelte nochmal ihre Patentiere, Lolek und Bolek, über das ihr entgegengehaltenen Köpfchen, was in ihr ein gutes Gefühl hervorrief.
Zufrieden, wenn auch erschöpft, gingen die Drei dann gemeinsam auf die Burg und gönnten sich einen heißen Apfelsaft, welcher aus burgeigener Produktion war und zu 100 Prozent bio ist. Das schmeckte man auch. Mit einem guten Gefühl fuhren dann die beiden Verliebten zurück nach Münzelsbach.

***

Manchmal half Mütterchen Zufall. Charlotte hatte sich eine schwere Erkältung zugezogen und wurde zur Beobachtung in das Krankenzimmer mit direktem Zugang vom Schwesternzimmer verlegt. Eine gute Möglichkeit bei ihr mal gründlich aufzuräumen. Ja, die Ordentlichste ist das Mädchen noch nie gewesen, aber so ein Chaos in ihren Schränken hatte Schwester Gudrun vorher auch noch nicht gesehen. Sie nahm erst mal alle Sachen raus und fing an die aufgehäuften Dinge zu sortieren, um sie anschließend mit System wieder einzusortieren.

Was ihr da auffiel, war eine unbeschriftete Schachtel mit kleinen weißen Pillen, die sie vorsorglich an sich nahm, um sie dem Arzt zu zeigen.

Ansonsten sortierte sie auch die Bücher, welche von einem ausgefallenen Geschmack zeugten und die Briefe und Schriftstücke. Auch führte Charlotte so eine Art Tagebuch, welches sie dann doch lieber ungelesen beiseitelegte, denn es galt ja doch die Intimsphäre zu wahren.

Die Sachen alle wieder verstaut, Staub und Fußboden gewischt, fertig, sie schaute sich nochmals um und stellte zufrieden fest, dass man sah, dass hier was gemacht wurde.

Kapitel 18

Bedingt durch den Feuerwehreinsatz in der Klinik hatte die Presse in Form von Karsten Breyer mal wieder eine neue Schlagzeile, die die Öffentlichkeit von Münzelsbach wachrüttelte. „Dubioser Sturz vom Dach durch noch rechtzeitiges, konsequentes Einschreiten unserer tapferen Kameraden von der

Feuerwehr in der Instenburg- Klinik verhindert! Wie kam der Mann auf das Dach, ist das nur Vernachlässigung der Aufsichtspflicht durch das Pflegepersonal, oder steckt da mehr dahinter, vielleicht sogar ein Drogenskandal in der Klinik?"

Die Bevölkerung war aufgeschreckt, den Spekulationen war Tür und Tor geöffnet. Nicht nur im Teehaus beim Frauenbund wollte man auf die Barrikaden gehen, nein auch im Whisky- Club wurde fleißig hinter vorgehaltener Hand getuschelt und gemutmaßt.

Irgendetwas musste man dagegen unternehmen, aber was und gegen wen, darauf hatte keiner eine schlüssige Antwort. So nahm die Spekulation um die Villa im Park immer mehr Fahrt auf.

Die Frauen vom Frauenbund dachten laut über eine Protestveranstaltung nach, bei der sie mit Plakaten und Sprechchören vor die Klinik zögen, sich Luft machten und Antworten forderten. Auch musste endlich der neugewählte Bürgermeister aktiv werden, was macht der eigentlich den ganzen Tag?

Nein, so kann das nicht weitergehen.

Im öffentlichen Interesse musste was geschehen!

***

In der Klinik lief ansonsten alles wieder in seinen geordneten Bahnen, die Psychogruppe war bei der Arbeitstherapie und werkelte an dem Bauernhof weiter. Sie waren gut vorangekommen, niedlich waren die Haustiere anzusehen, nur mit dem Haus war Marcus noch nicht so richtig auf dem Laufenden, er verspielte sich an manchen unwesentlichen Details, aber es waren ja auch noch ein paar Tage Zeit bis zur Übergabe.

Die Suchtgruppe, zu der eine Reihe neue Gesichter zählten, war bei der Akkupunktur. Diese war schließlich auch Kernstück der Behandlung und stand deswegen auch fast täglich auf der Tagesordnung. Das war auch nötig, denn für die normale Entziehungskur blieben nur im Normalfall vierzehn Tage, das setzte einen straffen Tagesablauf voraus und der Erfolg gab dem hier eingeschlagenen Therapie- Konzept Recht. Die hier angewandten Methoden fanden über die Grenzen hinaus Anerkennung, welches auf verschiedenen Fachtagungen Zuspruch fand. Auch fungierten Professor Dr. Instenburg und Dr. Hinterseer des Öfteren als Gastdozenten an verschiedenen Universitäten.

Und nicht zuletzt dadurch fand die Klinik mit seinen angewandten Praktiken bundesweit Anerkennung, den sie auch auf keinen Fall aufs Spiel setzen wollten.

Da waren natürlich Sachen wie Drogenmissbrauch und ungeklärte Unfälle zum Teil mit Todesfolgen Gift für's Geschäft.

Die Merkwürdigen Pillen bei Charlotte endpuppten sich als „Chrystal meth", dabei konnte ihr keine Sucht mehr nachgewiesen werden, sie war clean, also vertickerte sie das Zeug an andere, was auch nicht gerade günstig war.

Charlotte ein Dealer, dass würde aber dem Stiefvater gar nicht gefallen, hatte man in der Klinik die auferlegte Aufsichtspflicht vernachlässigt?

Was hatte das Mädel noch für Geheimnisse?

***

Und da war es so weit, gerade hatten sich Torsten und Freddy mit Elke zum zweiten Frühstück hingesetzt, Elke hat so herrlich duftenden selbstgebackenen Pflaumenkuchen mit Streuseln drauf auf den Tisch gestellt, da klingelte das Telefon.

Wieder diese aufgescheuchten Weiber vom Frauenbund. Diesmal veranstalteten sie eine lautstarke Demo vor der Klinik „Instenburg" und bedrängten das Pflegepersonal.

Zähneknirschend stiegen Torsten und Freddy in ihren alten Passat, um zum Tatort zu fahren.

Mit Warnsignal vor der Klinik angekommen, sahen sie die Bescherung.

Ein Dutzend aufgebrachte Frauen trillerten mit ihren Pfeifen und schwenkten drohend ihre Plakate.

"Drogenküche" und „Folterkammer" waren noch die geringsten Beschimpfungen.

Bei ihnen stand, wie sollte es auch anders sein, dieser Karsten Breuer von der Örtlichen, auch hatte er extra einen Fotografen mitgebracht.

Und da besaß doch dieser Schmierfink noch die Frechheit mit einem Mikrofon die beiden Polizisten zu bedrängen und rief: „was gedenken sie nun zu tun und wo ist der Bürgermeister, schließlich geht es hier auch um das Ansehen von Münzelsbach!"

Torsten griff zum Megafon, verlangte von den Anwesenden Ruhe und Ordnung, man solle sich nicht wie ein aufgescheuchter Haufen Hühner verhalten, das Geschrei gehört auf den Fußballplatz und nicht vor eine Klinik, hier ist auf Ruhe zu achten, schließ-

lich wollen hier psychisch gefährdete Patienten ge-
nesen.
Aber dem Lärm brachte er nicht zum Erliegen, im
Gegenteil, die Frauen rückten, drohend mit ihren
Plakaten, dem Einsatzfahrzeug samt seinen Insas-
sen auf die Pelle. Freddy rastete aus, zog seine
Pistole und schoss in die Luft.
Sofort blieben die Frauen stehen, der Lärm war
schlagartig verebbt.
Torsten winkte Brunhilde Pfeifer und Frau Neumann
zu sich und verhandelte um die Eskalation zu beenden.
Nach zehn Minuten zogen, wenn auch unter Protest
die Frauen von dannen.
Das wäre erst mal geschafft, der Dank der Kliniklei-
tung ihnen gewiss, nun schnell zurück zu Elke mit
ihren Pflaumenkuchen.

***

Maria hatte auch begünstigt durch die Zuneigung zu
Jack Freude an der Arbeit in der Klinik gefunden.
Mit einem freundlichen Lächeln im Gesicht konnte
man sie fast immer antreffen. Tja, was doch eine
kleine Liebelei für positive Kräfte freisetzen kann.
Auch durfte sich jetzt einige Therapiestunden nach
gründlicher Abstimmung mit den Ärzten schon ei-
genverantwortlich durchführen, gut, es waren Stunden wie die Musik- und die Tanztherapie, aber auch
das war gut für das Selbstbewusstsein, es fühlte
sich gut an.
Der Großteil der Patienten hatte auch sein anfängli-
ches Misstrauen ihr gegenüber abgelegt und be-

gegnete ihr jetzt freundlich und aufgeschlossen. Ja, da zeigt sich wieder „wie man in den Wald hineinruft, so schallt es heraus" und die Freundlichkeit ist immer noch die billigste aber dafür sehr wirksame Investition.

So konnte es weitergehen, wenn da nicht einige Vorfälle aus der Vergangenheit wären.

Auch hatte sich die Beziehung zu Charlotte merklich abgekühlt. Vielleicht hing das ein wenig mit ihrer Beziehung zu Jack zusammen, denn Charlotte war hier offensichtlich eifersüchtig, und dabei hatte sie doch jetzt ihren Marcus. Aber die Beziehung schien doch eher einseitig zu sein, denn sie benutzte ihn nur und manipulierte ihn Regel gerecht. Ob das ein gutes Ende nehmen wird, schien nach dem Vorfall auf dem Dach eher fragwürdig.

Aber zum Glück gibt es auch noch andere Patienten, welche ihre Hilfe wollen und sie achten.

Ihr Vater, Professor Walder, hatte sich mal wieder gemeldet und nach ihrem Wohlbefinden erkundigt.

Mit stolz geschwelgter Brust berichtete sie ihm von ihren kleinen Erfolgen auf Arbeit und auch so privat läuft alles bestens. Er schien beruhigt und wünschte ihr noch alles Gute für ihr Praktikum. Das hatte er schon lange nicht mehr gemacht und irgendwie erfüllte sie das mit Stolz, ihr ach so strenger Vater schien zufrieden mit ihrer Entwicklung zu sein.

Und das war gut so.

***

Frau Dr. Federowski hatte Markus zum Einzelgespräch geladen. Ihr neuer Therapieplan für ihn soll
eine persönliche Maltherapie sein.
Marcus solle doch seinen aufgestauten Frustempf-
finden Luft in einer Bilderreihe verschaffen, die an-
gefangen von seinem inneren Konflikt bis hin zu
selbsterkannten Lösungen führen sollten. Anschließend wolle sie dann mit Marcus gemeinsam die
Bilder interpretieren um dann vielleicht eine Lösung
für seine offensichtlichen Defizite zu finden.
Ihr Plan schien aufzugehen. Marcus malte wie ein
Besessener. Schon am Abend präsentierte er stolz
der Frau Doktor seine neu geschaffene Bilderserie.
Interessiert betrachtete sie das Gemalte. Das erste
zeigte zwei Kinder im Dreieck zu ihren sich entgegen aufgestellten Eltern, zwischen Vater und Mutter
schien es unüberwindbare Hürden zu geben. Das
zweite verdeutlichte eine blutige Szene, die einen
entblößten Körper in ihrer Blutlache liegende Frau
zeigte. Selbst die erfahrene Ärztin schien verunsichert, aber zum Glück war auf dem dritten Bild ein
entspannter, in sich ruhender Junge zu erkennen,
welcher sich offensichtlich mit den Geschehnissen
arrangierte, er malte, und so schien er die für ihn
neu entstandene Situation zu akzeptieren. Oh das
war ein Hammer, das musste die Psychologin auch
erst mal verarbeiten, aber jetzt hatte sie endlich für
die Behandlung von Marcus einen Ansatzpunkt.

***

Jack hatte Maria eine Broschüre „Wanderwege in
Sachsen- Anhalt" mitgebracht. Um sich auf den

nächsten Ausflug besser vorzubereiten, blätterte sie darin und fand auch einen kurzen Beitrag zu „Wandern im Fläming". Interessiert las sie darin über die vielen Wildtierarten, Biber, Bachneunaugen, Störche, Fledermäuse, aber auch Orchideen oder Arnika, welche im Fläming zu finden sind. So las sie weiter: „Wandern im Naturpark Fläming ist eine der möglichen Aktivsportarten, die jeder ohne aufwendige Vorbereitung beginnen kann. Das notwendige Informationsmaterial findet man im Naturparkinformationszentrum oder im Netz unter www.naturpark-flaeming.de".

Auf dem Wanderweg zwischen Elbe und Fläming kann man auf rund 18 Kilometern sowohl die Elblandschaft als auch die kleinen Erhebungen mit wunderschönen Aussichten über Elbe und den Flämingwald genießen. Der Apollensberg mit seinem großen ökumenischen Kreuz ist weithin zu sehen. Dem Wanderer auf seiner Kuppel eröffnet sich ein fabelhafter Ausblick bis hin nach der Lutherstadt Wittenberg.

Auf dem Hubertusberg kann man den Bismarkturm besteigen, um weit ins Land zu schauen. Die Gaststätte dort hat allerdings nur am Wochenende geöffnet, aber die vom Aussterben bedrohten Schaf- und Ziegenrassen können täglich besichtigt werden.

Maria nahm sich vor diese Orte noch während ihrer Praktikumszeit zu besuchen und wenn sie es zeitlich nicht mehr einordnen kann, hat sie wenigstens einen guten Grund mal wieder her zu kommen.

***

„Brutaler Polizeiwillkür, unter Einsatz der Schuss-
waffe, beschneidet unsere demokratischen Grund-
rechte", so geschrieben in der Örtlichen von kein
geringeren wie den Starreporter Karsten Breuer,
zumindest sah er sich so und nur das zählte.

Das war natürlich Öl ins Feuer gießen, großes Stirn-
runzeln im Rathaus, Jubel im Teehaus, aber offene
Wutausbrüche auf der Polizei- Wache.
Den Schmierfinken werden wir uns vorknüpfen, das
wird ihn noch leidtun, die aufopferungsvolle Arbeit
der hiesigen Polizei so zu verunglimpfen.
Torsten war auf 180 und wollte sich gar nicht wieder
einkriegen. Er wird den Skandaljournalisten obser-
vieren, ihn überall auflauern, irgendeine Ordnungs-
widrigkeit wird er ihm schon nachweißen. Die letzte
nachweisbare Strafsache, eine Geschwindigkeits-
überschreitung von ihm, was ja auch nur eine Ord-
nungswidrigkeit darstellte, war schon mehr als zwei
Jahre her, da musste ihnen was anderes einfallen.
Ja, jetzt hat er es, Elke wird als Sexfalle herhalten,
nun war nur sie noch davon zu überzeugen und das
Timing sollten sie noch abklären.
Väterchen Zufall spielte Torsten dabei in die Karten,
denn wie auf Bestellung rief Karsten bei Elke an um
sie auszuhorchen. Beide einigten sich auf morgen
Abend in der „goldenen Kugel".
Das war genug Zeit den Coup genauestens vorzu-
bereiten.

***

Im Whisky- Club konnte man mal wieder sich selbst feiern. Der neue Bürgermeister her Beyer trat voll in die Fußstapfen des Alten, alle wichtigen Entscheidungen, die normaler Weise in der Stadtverordnetenversammlung verabschiedet werden sollten, wurden vorher ausgiebig im Club diskutiert, Begründungen hier ausformuliert und gute Gegenargumente bei ungemütlichen Entscheidungsvorlagen zusammengetragen.

So waren die Geschicke der Stadt wieder voll in der Hand der Whisky- Runde, so kann es in Münzelsbach ruhig weitergehen, fast alles blieb beim Alten.

Da konnte der Frauenbund ruhig auf die Barrikaden gehen, das war halt wie in der großen Politik, die Scheindemokratie blieb gewahrt.

***

Der Abend des nächsten Tages war angebrochen, eine Kerze brannte auf dem reservierten Tisch in der „Goldenen Kugel". Karsten saß schon eine halbe Stunde erwartungsfroh mit der Weinkarte in der Hand, doch Elke ließ auf sich warten.

Da kam sie endlich durch die Tür, sie taxierte den Gastraum und sah dann den winkenden Karsten.

Na dann kann es ja losgehen.

Sie schlenderte, sich in der Hüfte wiegend, zu Karsten, hauchte ihm ein Küsschen auf die Wange und schwang sich elegant auf den Stuhl.

Ein schwerer Kalifornischer Rotwein sollte es sein.

Sie prosteten sich aufmunternd zu und es war schon auffällig, aber Karsten konnte es nicht lassen, Elke immer auf das Dekolletee zu schauen.

Sie hatte sich aber auch wieder verführerisch her-
ausgeputzt in ihrem roten Kleid, was ihre Rundun-
gen noch mehr betonte.

Nach dem Small Talk und der zweiten Flasche
Rotwein wollte Karsten das Gespräch auf den ihn
interessierenden Ermittlungsstand bringen, doch
Elke winkte nur ab und hauchte ihm ins Ohr „nicht
hier".

Das war Aufforderung genug für Karsten, den Kell-
ner nach der Rechnung zu schicken.

Nach dem er gezahlt hatte, verließen sie die „Gol-
dene Kugel" und gingen eng umschlungen die Friederickenstraße rauf zu Elkes Wohnung.

Karsten merkte nicht, dass er von Torsten und Freddy beobachtet wurde. Auf Wolke 7 schwebend und
brünstig vorausdenkend kuschelte er sich an Elkes
heißen Körper, konnte auf der Straße schon kaum
von ihr lassen.

Sie mahnte ihn zur Geduld und stieg mit ihm die
wenigen Stufen zur Eingangstür hinauf. Sie wohnte
Hochparterre.

Das war auch gut für die beiden Beobachter, denn
da Elke bewusst vergessen hatte, die Gardinen zu
schließen, konnten Torsten und Freddy die Geschehnisse in der Wohnung verfolgen.

Mit zitternden Fingern öffnete Karsten Elkes Kleid,
riss ihr es förmlich vom Leib und das war das Zeichen. Torsten und Freddy drangen mit Hilfe des
Zweitschlüssels wie aufs Stichwort in Elkes Privat-
räume ein und beschuldigten den total verwirrtwir-
kenden Karsten der sexuellen Nötigung, was Elke
auch nickend bestätigte.

Tja, nun hatten sie Karsten Breuer, wo sie ihn haben wollten, legten ihn Handschellen an, informierten ihn über seine Rechte und führten ihn ab aufs Polizeirevier.

***

Es waren gerade Herbstferien und Frau Neumann hatte endlich mal wieder richtig Zeit für ihren Garten. Auch wenn die Gartensaison mit rasanten Schritten dem Ende entgegenging, gab es für sie noch viel zu tun. Als erstes stand die Weinlese der späteren Sorten, wie ihr Erdbeerwein auf dem Programm. Der war in diesem Jahr richtig gut geworden, der Weinstock hing voll mit dunkelroten Trauben und auch wenn die nicht kernlos waren, schmeckten die Trauben vorzüglich. Nun war die sie beschäftigende Frage, was mit soviel Wein tun. Sie entschied sich aus einem Kilogramm köstliche Marmelade zu kochen und den größeren Rest kalt zu pressen und ihn als Traubenwein anzusetzen. Der schmeckte dann auf jeden Fall besser als der herkömmliche Mehrfruchtwein, den sie sonst immer kreierte, nein, Wein aus richtigen Trauben ist schon etwas Besonderes und kalt gepresst, da geht auch nichts vom Aroma verloren, auch gärt er schneller. Aus den drei Litern Traubensaft, die die Kaltpressung ergab, konnte sie getrost einen 5 Liter Ballon ansetzen, denn zwei Kilogramm Zucker in warmen Wasser gelöst, waren wichtig für die Konservierung, es sollte sich schließlich kein Schimmel drauf bilden und für die Gärung war der Zucker auch unverzichtbar, er sollte sich ja schließlich in Alkohol umsetzen.

Aber das Schönste beim Wein- Selber- Machen, ist das Kosten beim Umsetzen, da bekam man schon einen guten Vorgeschmack, wie das Gebräu mal schmecken wird.

Ja, der Wein war das eine, wenn auch das Angenehmste, nein, jetzt wurden die Büsche und Bäume beschnitten und dabei kann man so viel falsch machen. Sie hatte sich dieses Jahr gut vorbereitet, Fachliteratur gewälzt und damit nicht genug, auch hatte sie sich bei „you tube " mehrere Videos zum richtigen Baumschnitt angeschaut. Es konnte dieses Jahr eigentlich nichts schiefgehen und wenn es ihr doch zu anstrengend wurde, könnte ihr immer noch ihr Mann am Wochenende helfen.

Eine Frage blieb, was machte sie mit Max in den Ferien, dass er nicht wieder vor langer Weile sich irgendeinen Unfug ausdenkt, am besten ist, sie schickt ihn zu ihrer Mutter auf's Dorf. Oma freut sich auf ihren Enkel und Ricardo ist auch weit weg.

Nun konnte der Gärtner- Woche nichts mehr im Weg stehen, genau so wird sie es machen.

***

Maria hatte heute frei, Überstunden abbummeln war das Stichwort. Heute wollte sie sich mal richtig Zeit für sich selbst nehmen, mal ausschlafen, anschließend ausgiebig frühstücken und dann durchs Städtchen bummeln.

Heute stand Kultur auf dem Programm, also besuchte sie zuerst das älteste Gebäude der Stadt, die Sankt Nicolai Kirche. Da wollte sie schon immer mal rein, nicht, dass sie streng gläubig wäre, nein es ging ihr darum die Kirche als Kulturstätte zu besichtigen. Nach ihrem Eintreten wurde sie gleich vom Pfarrer begrüßt und so nutzte sie die Möglichkeit, sich durch ihn persönlich die wichtigsten Sachen zeigen zu lassen. Sie bestaunte den großen Altar mit seinem dreiteiligen Altarbild, bewunderte die Orgel, auf der der Pfarrer ihr gleich eine Kostprobe des guten Klangs gab, in dem er ein paar Sequenzen aus Bachs berühmtem Tokkata Fuge in G- Mol anspielte. Dann machte sie halt vor den Bildern von Lucas Cranach d.J.. Ganz genau betrachtete sie das „Kreuzungsbild" und auch das „Abendmahl". Schön waren sie anzusehen, denn sie wollte schon immer mal sich den alten Meistern widmen, denn da erkannte man noch, was der Künstler einem damit zeigen wollte. Auch die Fenster mit ihren farbenfrohen Mosaikbildern aus der Bibelgeschichte waren eine Augenweite.

Sie war mit der Privatführung völlig zufrieden und bedankte sich beim Pfarrer, dass er sich die Zeit für sie genommen hatte.

Danach ging sie über den sich anschließenden Klosterhof ins städtische Museum. Dort wurde eine Ausstellung zum „Leben an und mit der Elbe" gezeigt. Äußerst interessant, vor allem staunte sie über die früheren Treidler, wie die mittels Muskelkraft damals die Schiffe die Elbe entlang zogen, das hatte sie bisher nur von den Wolgatreitlern gekannt.

Genug für den Tag mit Kultur ging sie dann am Elbufer entlang Richtung Marina. Schaute sich die aufgestellten Schautafeln an und bestaunte die Markierung vom Höchststand des letzten Hochwassers.

An der Marina angekommen, ging sie erst mal ins Restaurant einen zünftigen Bürger essen, lecker, der Spaziergang an der frischen Luft hatte doch für einen gesunden Appetit gesorgt.

Nach dem Essen besichtigte sie das großzügig angelegte Areal der Marina, hier könnte man auch mal Urlaub machen, schoss ihr dabei durch den Kopf. Spontan beschloss sie, heute Abend die hiesige Disco zu besuchen, vielleicht kommt ja Jack auch mit. Das wäre auf jeden Fall ein vergnüglicher Abschluss für den heutigen doch schönen Tag.

***

In der Klinik hatte Charlotte jetzt Erklärungsnot. Ein schnell einberufenes Auditorium von Ärzten und Vertrauensschwester hatten Fragen zum Drogenfund. Man fand Chrystal meth und in ausreichender Menge um die halbe Klinik damit zu versorgen, das konnte ja unmöglich nur für den Privatgebrauch sein. Charlotte wurde der Dealerrei mit der Droge Crystal meth und die in einer sehr reinen Form, vorgeworfen. Auch wurde ihr deutlich gemacht, dass diese Tat eine polizeiliche Anzeige nach sich ziehen würde. Eine Schuldunfähigkeit wegen ihrer angeschlagenen Psyche konnte man ihr in diesem Fall nicht zusprechen. Da hatte Charlotte echt schlechte Karten.

Was sollte man hier tun, das warf auf jeden Fall auch ein schlechtes Bild auf die Klinik, auf die Aufsichts- und Betreuungspflicht gegenüber den ihr anvertrauten Schutzbefohlenen, noch dazu wo gerade die Demo vor der Klinik stattfand. Da war guter

Rat teuer, noch dazu wo ihr Stiefvater Professor Doktor Instenburg persönlich ist.

Alles was Charlotte von sich gab, war ein Schulterzucken, ansonsten schwieg sie. Ob ihr die Tragweite ihres Vergehens bewusst war, schien unklar.

Doktor Hinterseer wusste sich auch keinen Rat, denn was war, wenn das nur die Spitze des Eisberges ist, was hatte das Mädel noch alles auf dem Gerbholz? Laut ihrer Akte kam sie ja aus dem Drogen- Milieu, hatte ihren Entzug aber mit Erfolg hinter sich, wie ja auch die letzten Untersuchungen gezeigt haben und jetzt das.

Da sich Charlotte auch weiterhin nur ausschwieg, beschlossen sie schnellstmöglich, am besten noch heute, ihren Stiefvater zu benachrichtigen. Aber bei der Menge der bei Charlotte gefundenen Drogen, mussten sie auch die Polizei benachrichtigen und eine Anzeige machen.

Dass Charlotte die Drogen einfach jemand untergeschoben hat, daran glaubte keiner und wenn, wer sollte es dann gewesen sein?

Nun wollten sie erst mal abwarten, was der große Chef dazu sagte und welche Anweisung er gab, schließlich ging es um seine Klinik und um seine Stieftochter.

Kapitel 19

Und es sollte noch schlimmer kommen.

Heute jährte sich das tragische Ereignisschon zum dritten Mal.

Vor genau drei Jahren kam Bernhard von einer nächtlichen Verfolgungsjagd zurück.

Ein total begiffter junger Mann hatte mit einem gestohlenen Auto einen tragischen Verkehrsunfall verursacht und begann Fahrerflucht.

Passanten hatten ein schlängelfahrendes Auto, einen 3er BMW bemerkt, wie er auf sie zuraste. Dabei war die Straße breit, aber für den BMW- Fahrer nicht breit genug. Er jagte im Delirium die Passanten förmlich auf der schmierig glatten Straße.

Und da ist es passiert, er tuschierte ein auf der gegenüberliegenden Straßenseite parkendes Auto, kam ins Schleudern und raste die Kontrolle über sein Fahrzeug verloren, in eine Gruppe von Jugendlichen, die von der Disco kamen, welche zugegebener Maßen auch alkoholisiert leichtsinniger Weise mehr als nur den schon breiten Gehweg ganz in seiner Breite ausfühlten.

Krachen und Schreien waren eins.

Die Passanten rannten sofort zum Unfallort, um ihren Möglichkeiten entsprechend erste Hilfe zu leisten. Einer der Passanten zog sein Handy und rief die Polizei und die dringliche medizinische Hilfe.

Für zwei der jungen Mädchen kam jegliche Hilfe bedauerlicher Weise zu spät. Drei weitere Jugendliche waren zum Teil schwer verletzt.

Als Bernhard am Unfallort ankam, musste er feststellen, dass eine der getöteten Frauen seine Tochter Lucy war, die mit ihren Freunden ihren 17. Geburtstag gefeiert hatte. Es fiel Bernhard schwer nicht die Verfassung zu verlieren, die Leute waren doch noch so jung, hatten das ganze Leben noch vor sich und da kommt so ein Idiot und macht alles kaputt. Wie sollte er das seiner Frau beibringen, dass ihr Sonnenschein, ihr Einundalles nicht mehr unter den Lebenden weilt?

Der Unfallverursacher hatte Fahrerflucht begangen, war einfach auf und davon. Die Fahndung nach dem schwarzen 3er BMW wurde sofort eingeleitet, die Chance ihn zu stellen war groß, denn die Kollision mit dem anderen Fahrzeug und den Menschen musste deutliche Spuren am BMW hinterlassen haben.

Und so war es auch, nach einer halben Stunde kam der Funkspruch, das Unfallfahrzeug habe man gefunden, der Fahrer sei allerdings weiterhin flüchtig.

Auch die angeforderte Hundestaffel konnte den Fahrer nicht finden.

Die Untersuchungen der Spurensicherung am Fahrzeug ergaben, dass sich wohl zwei Personen zur Tatzeit im Auto befanden, die gesicherte DNA bewies zwar, dass es sich sowohl um einen Mann als auch eine junge Frau handeln musste, beide waren aber bisher nicht polizeilich erfasst.

Erst zwei Jahre später war man, die Frau betreffend, fündig geworden, es handelte sich um eine gewisse Charlotte Lessner, die durch einen Knack, also Beschaffungskriminalität in Berlin auffällig geworden war. Da sie im Vorfeld bis dahin nicht polizeilich erfasst war, also keine weiteren Delikte ihr nachweisbar waren, kam sie mit einer Bewährungsstrafe und der Auflage des Drogenendzugs davon.

Bei dem Unfall hatte sie sich ein Schleudertrauma zugezogen, da sie aber nachweislich nicht der Fahrer war, konnte man sie jetzt nur wegen unterlassener Hilfeleistung belangen, aber das klärten die guten Rechtsanwälte ihres Stiefvaters. Frau Lessner hatte an diesem den Unfall betreffenden Abend nur eine Mitfahrgelegenheit gefunden ,den jungen Mann kannte sie ansonsten nicht weiter, auch konnte sie über seine Identität nur wenige Aussagen machen, man erstellte ein Phantombild von dem mutmaßlichen Täter. Damit war die Sache für Charlotte vom Tisch.

Nicht aber für Bernhard, denn als er den tragischen Verlust ihrer Tochter seiner Frau schonend beibringen wollte, verfiel diese in einen nicht enden wollenden Weinkrampf. Sie musste in eine Klinik eingeliefert werden, wurde auch, ihre Psyche betreffend behandelt, aber statt einer Besserung ihres Gemütszustandes ging es mit ihr immer mehr bergab.

Ein halbes Jahr später beging sie Selbstmord.

Das ging auch an Bernhard nicht so einfach vorbei, er griff zur Flasche und das immer öfter, später sogar im Dienst, was seine Suspendierung zur Folge hatte.

***

Marias Praktikumszeit hier in der Klinik „Instenburg" näherte sich dem Ende. Nun musste sie noch ihre Abschlussarbeit schreiben. Zum Thema hatte sie sich ja auf Empfehlung von Doktor Hinterseer das Krankheitsbild der Charlotte Lessner ausgewählt.

Wenn sie an ihre erste Begegnung im Nebel auf dem Weg durch den Park hin zur Klinik zurückschaute, so hatte sich doch einiges getan. Oh wie hatte sich die zerbrechlich wirkende Charlotte, die dort das Lied „Sonne wie ein Clown" vor sich hin trällerte, verändert, oder besser, hat sich Marias erster Eindruck von ihr zu einer berechnenden, ausgepufften jungen Frau verschoben.

Doktor Hinterseer war ihr beim Schreiben der Hausarbeit eine große Hilfe. Das Verhältnis zwischen ihm und Maria hatte sich im Vergleich zum ersten Eindruck auch sehr zu seinen Gunsten verschoben, ja, man könnte meinen, es ist jetzt fast schon väterlich. Sie hatte sich durch ihren Arbeitseifer, gepaart mit Lernwilligkeit, die Achtung von Dr. Hinterseer erkämpft und somit auch gute Referenzen seinerseits zu erwarten.

Ob die Liebelei zu Jack auch nach ihrem Praktikum über die dann örtliche Entfernung hinaus auch noch Bestand hat, wird die Zukunft zeigen. Ihr war aufgefallen, dass auch einige der Schwestern hier einen Blick auf ihn geworfen hatten, ihr fiel spontan in diesem Zusammenhang der Titel von Reinhard Lakomy „Das kein Reif" ein, also schauen wir mal.

Kapitel 20

Charlotte sorgte mal wieder für Aufregung beim Klinikpersonal, sie war verschwunden. Nach dem Mittagessen wollte sie einen kleinen Verdauungsspaziergang im Garten machen. Zum Abendbrot, besser formuliert kurz danach bei der Medikamenteneinnahme wurde sie vermisst. Vorher war es nicht aufgefallen, da Charlotte am heutigen Nachmittag keine Therapiesitzungen hatte. Nun war guter Rat teuer, auf dem Klinikgelände war sie nicht zu finden, also musste sie im Park oder rein nach Münzelsbach sein.

Stunden der Ratlosigkeit vergingen.

Erst der Drogenfund in ihrem Zimmer und jetzt die unerlaubte Entfernung vom Klinikgelände, das war zu viel. Doktor Hinterseer griff zum Telefonhörer und benachrichtigte die Polizei.

Da für die Polizeiwache in Münzelsbach die Sache mit dem Drogenfund zu groß war, informierten sie das LKA. Und so nahm die Sache ihren Lauf, Charlotte Lessner stand augenblicklich auf der Fahndungsliste, auch wenn noch keine 48 Stunden nach dem Verschwinden vergangen waren, hatte die Sache wegen der Drogen an Dringlichkeit gewonnen, denn in den letzten Wochen wurde ein verstärktes Auffinden von Crystal registriert und vielleicht bestand da ein Zusammenhang.

Schon am nächsten Tag wurde sie in Dessau, nähe dem Alten Theater aufgegriffen, als sie versuchte einen verdeckten Ermittler Crystal zu vertickern

Dumm gelaufen, dass sie gerade dem verdeckten Ermittler in die Fänge lief, war höchstwahrscheinlich auch ihrem fragwürdigen Gesundheitszustand geschuldet, ohne großen Widerstand zu leisten, ließ sie sich abführen.

Nach einer kurzen Befragung nachdem die Personalien überprüft wurden, brachte man Charlotte erstmal in die Klinik zurück.

Dort angekommen untersuchte man das Mädchen gründlich, denn die gläsernen Augen und ihr abwesend wirkendes Benehmen, ließ Schlimmeres erahnen. Sie war total zugedröhnt, ein Wunder, dass sie sich noch so gut auf den Beinen halten konnte. Dr. Hinterseer ließ sich Charlotte kommen, um mit ihr unter vier Augen ein klärendes Gespräch zu führen. Was er da von ihr erfuhr, ließ ihn die Haare zu berge stehen. Wieder telefonierte er mit der Polizei, diesmal gleich mit Kommissar Schröder vom LKA.

***

Kommissar Schröder vom LKA wurde in die Klinik „Instenburg" gerufen.
Dr. Hinterseer hatte unter Berücksichtigung seiner ärztlichen Schweigepflicht eine Aussage Charlotte Lessner betreffend zu machen.
Sie hatte ihm die Anstiftung zur Tötung von Monika Pitsch gestanden. Mehr durfte er nicht sagen und übergab Charlotte dem Kommissar.

Im Verhörraum des LKA legte Charlotte ein umfassendes Geständnis ab:
Sie kannte Monika von ihrer Zeit beim Psychologiestudium und hatte ihr bei einer privaten Fete unter Drogeneinfluss gestanden, dass sie mal was mit einer Frau von einem Cop hatte, diese soweit manipuliert hatte, dass sie den Freitod wählte, war nicht stolz drauf, wollte aber ihre Fähigkeit der Manipulation anderer betonen.
Eigentlich war das auch noch ein wenig anders gelaufen, sie war Mitfahrerin in einem BMW der einen Unfall verursachte, wo unter anderen die Tochter eines Polizisten getötet wurde und dessen Frau, die

wegen einem Nervenzusammenbruch in einer psychiatrischen Klinik war. In der auch Charlotte zu diesem Zeitpunkt weilte, hatte sie gestanden, dass sie bei dem Unfall nicht ganz unbeteiligt war, denn sie hatte den Fahrer mit Drogen versorgt, der durch den Genuss dieser den Unfall verursacht hatte.

Nun tauchte diese Monika Pitsch wieder in ihr Leben und das im Hause „Instenburg", sie als Patientin und Monika als zukünftiger Praktikant. Das durfte nicht sein, also instruierte sie Paul Wichern, der ihr förmlich aus der Hand fraß, diese Monika beim nächste Eintreffen in Münzelsbach, zum Antritt ihres Praktikums, wenn nötig gewaltsam aus dem Wege zu räumen. Zu seiner Unterstützung hatte sie ihren Kumpel und Drogenlieferant Jens Meyer aus Berlin beauftragt Paul zu helfen.

Von Todschlag hatte sie nichts gesagt, die Sache war wohl aus dem Ruder gelaufen und da Paul total verunsichert nach seinem Wochenendurlaub in der Klinik wieder auftauchte und alles gestehen wollte, musste er die Treppe runterfallen, Jens erledigte im Kreiskrankenhaus den Rest.

Mehr hätte sie zu der Sache nicht zu sagen, auch kann sie sich überhaupt nicht erklären, wie es soweit kommen konnte und doch einige Menschen dabei ihr Leben verloren haben, ihr ist ganz unwohl, sie müsse zurück in die Klinik.

Das Haus „Instenburg" war dafür aber nicht mehr die geeignete Adresse, Papas große schützende Hand hatte versagt und jetzt auch keinen Einfluss mehr.

Charlotte wurde in eine geschlossene Einrichtung verlegt, wo sie sicher die restlichen Jahre ihrer Jugend verleben wird, das Ende ist vom Therapieerfolg abhängig, denn noch gilt sie als unzurechnungsfähig und muss auch vor sich selbst beschützt werden.

***

In Münzelsbach geht auch am nächsten Tag die Sonne wieder auf und da es mitten in der Woche ist, gehen die Kinder auch zur Schule, Frau Neumann wartet schon im Klassenzimmer um heute die Mädels und Jungen ihrer fünften Klasse im Rechnen etwas weiter zu bringen, zumindest soweit die kleinen Geister bereit sind auch etwas zu lernen.

Torsten und Freddy saßen in der Wache, schlürften gemütlich ihren Kaffee und überlegten, wie sie den derzeit inhaftierten Karsten Breuer am besten wegen der „sexuellen Übergriffe" dran kriegen können.

Bernhard spazierte durch den Park, die frische Luft tief einatmend, genoss er die Stille.

Alles war wie am Anfang.

Quellenverzeichnis:

Informationsbroschüre Stadt Coswig (Anhalt) (Ausgabe 2015/2016) BVB Verlagsgesellschaft mbH
„Wo die Elbe den Fläming küsst" Informationsbroschüre von M. Prasse   April 2012
Reise- Tagebuch Naturpark Fläming Sachsen- Anhalt, Naturpark Fläming e.V. 2017

156

Herstellung und Verlag:
BoD - Books on Demand, Norderstedt
ISBN 978-3-7460-4734-8